KB076127

겨울 새의 노래

검은 새의 노래

루이스 웅꼬쎄 장편소설 | 이석호 옮김

창비

차례

백인들의 옷을 빨아
내가 글을 배울 수 있게 해주신
에스터 마까띠니 할머니께

1

며칠 뒤면 나는 죽는다. 이상한 일이다. 그런데 조금도 놀랍거나 두렵지 않다. 나 자신의 운명에는 하등의 관심도 없는 듯 나는 이즈음 일종의 무감각상태에 빠져 있다. 마치 내가 아닌 다른 사람의 인생, 그 최후의 나날을 지켜보는 관찰자가 된 것 같다.

매일 아침 나는 창살이 달린 이 자그만 창가에 서서 하늘을 올려다본다. 매년 이맘때쯤이면 하늘은 눈부시게 푸르름을 더해간다. 공기는 서리처럼 맑고 단단해지며, 햇살은 잔잔한 아지랑이가 되어 춤춘다. 현기증이 날 정도로 눈부신 광경이다. 이따금 한 무리의 새들이 세차게 날개를 퍼덕거리며 하늘로 날아오른다. 때때로 그중 한 쌍이 탁 트인 하늘에서 자유롭게 짝짓기를 즐긴다. 행복에 겨운 그 새들은 살아 있음을 찬양하는 듯이 밝은 대기 속에서 서로를 애무한다. 그러다가 욕정을 참지 못한 수컷이 암컷의 몸속에 정자를 주입하려 한다. 하지만 여느때와 마찬가지로 그 시도는 수포로 돌아간다. 짝 잃은 수컷의 씨앗이 대기 중에 흘러내리는 꼴을 보던 암컷은 미친 듯이 웃어젖힌다. 그것이 마치 제 성적인 취향이라도 되는 양.

매일 아침이 이렇게 반복된다. 짝짓는 새들은 교성을 내지르며 내가 서 있는 창가를 배회하고, 상큼한 봄내음은 싱그럽고 아린 약속으로 공기를 날카롭게 벼린다. 하지만 탁 트인 하늘에서 짝짓기를 하는 새들은 내가 이즈음 좀처럼 느끼지 못하던 씁쓸함을 생생하게 상기시킨다. 내가 왜 이 좁디좁은 감옥에 갇혀 죽을 날을 기다려야 하는지를 말이다. 나는 창가에 드는 햇살을 향해 손을 뻗으며 인도양의 색채를 마음속으로 그려본다. 이른 아침 햇살에 젖은 인도양의 수면은 반짝이는 햇살의 반점들로 덮여 있었고, 이른 오후에는 미동도 하지 않는 물살이 반짝이는 청록색으로 옷을 갈아입곤 했다.

모든 것이 아주 또렷하게 보인다. 해변과 아이들이 뛰어놀던 놀이터, 백사장의 호텔들과 내륙에서 내려와 땀을 뻘뻘 흘리던 불그죽죽한 얼굴의 관광객들. 하루 중 백사장이 가장 매혹적인 순간은 갑자기 사방이 버려진 듯 조용해지고 나른해지는 오후의 한때이다. 해수욕을 하던 사람들이 바닷가 근처 음식점이나 그들이 잠시 머무르는 호텔 객실로 사라지고 나면 백사장에는 반쯤 먹다 남은 치즈 토마토 쌘드위치는 물론이고 특별한 손목시계와 값비싼 반지 혹은 누군가의 입술에 묻은 립스틱을 닦아낸, 촘촘히 수놓인 손수건 따위가 나뒹군다. 어떤 관광객들은 더없이 값진 선물을 놓고 가기도 한다. 우리 유색인 소년들이 훔쳐보기 좋도록 일체의 요동도 없이 뜨뜻한 백사장에 드러누워 있는 젊고 탱탱한 육체가 바로 그것이다. 묵살되고 금지된 관객인, 반항적이고 시커먼 분노를 품고 있는 우리 유색인 소년들을 위해서 말이다.

어쨌든 나는 이런 식으로 어느날 오후 밤새 휘몰아친 폭풍우에 씻긴 듯한 적적한 더반 백사장에 누워 해수욕을 즐기던 한 영국인 소녀를 만났다. 그녀는 마치 고대도시의 유적에 있는 아름답고 부서진 황금 상 같았다. 물론 그녀는 놀라울 정도로 생생히 살아 있었고, 그녀의 늘씬한 육체 위로는 썬탠오일이 흘러내리며 태양빛을 반사하고 있었다. 그녀의 육체는 잃어버린 물건이나 버려진 물건을 줍기 위해 매일 다부지게 해변을 샅샅이 뒤지는 아프리카 청년들의 굶주린 눈길 앞에 속수무책으로 내맡겨진 듯 보였다.

2

때때로 나는 자문해본다. 사람들은 대개 너무 늦어버린 뒤
나 이미 게임이 끝난 뒤에 자문하는 경향이 있다. 만약 내가
그 무덥던 10월 오후에 문제의 그 백사장에 가지 않았더라면
과연 내 운명은 어떻게 되었을까? 아니 백사장까지는 갔다손
치더라도, '백인 전용'이라는 경고문이 나붙은 장소에 도굴꾼
처럼 슬금슬금 다가가지 않고 흑인들만 다니는 해수욕장 저편
에 순순히 남아 있었더라면 내 인생은 어떻게 달라졌을까? 최
소한 지금처럼 독방에 갇혀 교수형을 기다리며 하루하루 연명
하는 신세는 되지 않았을 것이다. 어쩌면 내 친구들과 선생님
들이 확신을 가지고 기대하던 대로, 우리나라가 배출한 진정
으로 위대한 최초의 아프리카 작가가 되겠다는 꿈을 실현해나

가고 있을지도 모를 일이다. 솔직히 잘은 모르겠다. 이런 문제를 붙들고 있기에는 이미 때가 너무 늦어버렸다. 오는 금요일, 해가 동쪽에서 떠오르는 것이 자명한 이치인 것과 마찬가지로, 그자들은 분명 나를 목매달 것이다. 그자들은 나를 감방 밖으로 끌어내 교수대 앞에 놓인 마지막 계단 위로 올라서도록 종용할 것이다. 이윽고 때가 이르면 나는 멍하고 마비된 상태로 눈가리개를 한 채 허공을 내디딜 것이고, 칼날은 스윽 소리를 낼 것이다. 그리고 내게는 판사의 섬뜩한 판결문만이 아른거릴 것이다. "피고인은 잔악무도한 범죄를 저지른바, 교수대에 보내져 숨이 끊길 때까지 매달리게 될 것이다. 피고인의 영혼에 신의 자비가 함께하기를!"

진정 끔찍한 말이다. 등골이 오싹할 정도다. 물론 판사에게 불만은 없다. 그 역시 재판과정에서 괴로워했던만큼, 그는 자신의 직무를 충실히 수행했을 뿐이다. 그는 이 문제에 자신의 개인적 감정을 투사한 적이 없다. 솔직히 말해 의심스러운 건 나 자신이다. 나는 내가 저질렀다고 알려진 그 범죄행위에 대해 내가 정녕 결백한지 확신할 수가 없다. 그날 바닷가 방갈로에서는 모든 일이 순식간에 일어났다. 그래서 나는 어디까지가 그 소녀의 유혹 때문에 벌어진 일이고, 또 어디까지가 나의 굴절된 욕망에서 비롯된 일인지 정확하게 가늠할 수 없다. 내가 확실하게 이해하게 된 것은 나를 나락으로 떨어뜨린 파멸의 씨앗은 더반 백사장에 누워 있던 그 소녀에게 내가 눈길을 던진 바로 그날부터 예비되었다는 사실이다. 그 이후에 벌어

진 일들은 사실 그 씨앗들이 발아되어가는 최종과정이었을 뿐
이다. 나는 그날 이후 몇주 만에 억세게 자라나 내 삶 전부를
소진시킨 음탕한 야심이라는 알곡을 수확했을 뿐이다.

아버지의 경고를 되새기기에는 너무 늦어버렸다. 도시를 향
해 떠나는 청년들이라면 누구나 이 경고를 귀에 못이 박이도
록 들었을 것이다. 아버지는 이렇게 주의를 주셨다. "아들아,
백인 여자는 절대로 탐하지 마라. 연지를 바른 입술과 부드럽
고 빛나는 피부를 지닌 백인 여자는 우리 줄루 사내들을 파멸
로 이끌 미끼이다. 우리의 길은 백인들의 길과 다르다. 그들의
말도 우리의 말과 다르다. 백인들은 뱀장어처럼 부드럽지만
상어처럼 우리를 집어삼킬 것이다." 결국 아버지의 말은 옳았
다. 두말할 필요도 없이 나는 당시 그 쇠약한 노친네의 경고를
귀담아듣지 않았다. 미끼를 덥석 물고 나서 바늘이 목구멍을
조여올 때에야 나는 아버지의 경고를 실감하기 시작했다. 그
영국인 소녀를 우연히 만난 날, 그때 내가 백사장에서 본 것은
그토록 다양한 법과 합법적인 징벌을 동원해 강제로 우리의
눈을 가려온 바로 그 새하얀 권위였다. 아울러 나와는 다른 종
류의 인간도 보았다. 부드럽고 둥그스름한, 참을 수 없는 욕정
을 불러일으키는 몸을 가진 여자, 손을 뻗으면 닿을 듯한 거리
에 있는 여자의 몸. 그것이 그날 내가 보았던 것이다.

작은 개천 하나를 사이에 두고 유색인 구역과 떨어져 있던
그 소녀는 양팔 사이에 갈색 머리칼을 묻은 채 배를 깔고 엎드
려 있었다. 나는 가던 길을 멈춰섰다. 그녀가 걸친 딱 달라붙

는 비키니가 그녀의 풍만한 몸매를 여과없이 드러내주었기 때문만은 아니었다. 그녀는 오히려 노출에 관해서는 전혀 신경 쓰지 않는 것 같았다. 사실 그녀의 브래지어는 등 뒤에서 풀려 있었다. 게다가 그녀는 그마저 느슨하게 풀어내리고는 수건 위에서 한두 차례 몸을 움직이기도 했다. 그 눈 깜짝할 만큼 짧은 순간에 나는 그녀의 탱탱한 젖가슴 밑으로 드러난 새하얀 맨살을 아득하게 훔쳐볼 수 있었다.

기억나는 게 또 하나 있다. 미동도 하지 않는 그녀의 등 뒤로 전설적인 경고문이 적힌 표지판이 서 있었다. 보지 않으려야 보지 않을 도리가 없었다. **해수욕장—백인 전용**! 이 표지판을 보자 나는 분노가 들끓었다. 만약 그 소녀가 작열하는 10월의 태양빛을 피할 요량이었다면, 그 표지판이 백사장 위로 드리우는 그늘이 큰 도움이 되었을 것이다. 그러나 소녀는 나른하고 방만하게, 조금도 움직이지 않고 햇빛에 살을 태우고 있었다. 그녀의 축축한 머리칼이 목덜미를 덮고 있었다. 바람은 불지 않았고, 공기도 흔들리지 않았다. 잔잔한 파도가 바닷가 검은 바위 위로 부드럽게 부서져내리는 소리 외에는 아무 소리도 들리지 않았다. 모든 것을 드러낸 채, 홀로 떨어져서 그녀는 그곳에 누워 있었다. 아니, 최소한 그렇게 보였다. 그녀는 마치 경멸과 분리의 대상인 흑인과, 우리 아프리카인들을 해변의 침입자로 여겨 눈앞에서 완전히 사라져주기를 바라는 냉담하고 특권적인 백인 사이에 존재하는 경계 세계의 거주민인 듯 보였다. 십 분 동안 나는 넋이 나간 사람처럼 그녀를 바라보았다. 감히 그녀에게 나의 존재를 알리려는 행위는 하지 않았다. 그 와중에도 그녀는 조금도 움직이지 않았다. 아직까지도 나는 궁금하다. 무엇이 그때 나를 그토록 강력하게 붙들어매고 있었는지 말이다. 하지만 그녀의 엎드린 모습을 바라보던 어느 순간, 나는 그녀에게 통제할 수 없는 열병과도 같은 욕정을 느끼기 시작했다. 시간이 지난 지금에 와서 당시 나와 그녀를 만나게 한 그 사건을 생각해보면, 그녀에 대한 나의 감정이 남아프리카공화국에 여전히 존재하는 인종법 때문에 내가결코 가질 수 없는 육체에 대한 성적인 욕망에서 비롯한 것이아니라는 점은 확실하다. 그것은 분명 단순한 욕망 따위보다더 크고, 더 슬프고, 더 깊은 감정이었다. 그리고 거기에는 하나의 감정이 더 섞여 있었다. 바로 분노였다.

그렇다. 내가 그녀에게 느꼈던 것은 분노였다. 급작스럽게활활 타오르던 분노였다. 눈이 멀 것 같은 격정이었다. 그녀는내 앞길을 가로막고 조롱하듯 누워 악마처럼 도발하면서도 정작 나라는 존재는 전혀 의식하고 있지 않았다. 그녀와 같은 종자들은 늘 그런 식이었다. 그녀는 눈을 감은 채, 형언할 길 없고 길들일 수 없는 욕정의 찌꺼기를 들이마시는 것처럼 입을살짝 벌리고 있었다. 가벼운 잠에 취해 있는 듯도 했다. 자신이 주변에 어떤 고통을 주고 있는지도 모르는 것 같았다. 음란서적의 기름진 책장을 넘기듯 윤기 흐르는 갈색 머리칼 속으로 파고들어 부드러운 물결을 일으키는 미풍은 물론이고 작열하는 태양에도 그녀는 전혀 개의치 않는 듯했다.

그녀가 눈을 뜬 것은 내가 그녀의 갈색 머리칼 아래 붉은 뿌리 부분과 하얀 피부 위의 촘촘한 모공까지 들여다보고 있을 때였다. 그녀의 눈은 이상했다. 크고 초록색이었으며 겨울날의 불꽃 같은 자줏빛이 어른거리기도 했다. 그녀는 나를 보고도 전혀 놀라지 않았다. 그것도 아마 도발의 한 부분이었을 것이다. 그러나 그뒤 일분 동안 그녀는 내내 내 눈을 뚫어져라 응시했다. 웃지도 않고 인상을 쓰지도 않았다. 그저 가만히 드러내놓고 쏘아보았다. 마치 아무것도 숨길 필요 없는 연인 앞에서 옷을 벗는 사람 같은 얼굴이었다. 그녀의 표정에는 내가 한번도 경험한 적 없는 익숙함이 배어 있었다. 그 익숙함 때문에 나는 자신감을 잃어가고 있었다. 그녀의 표정에는 어떤 교태도 교활함도 존재하지 않았다. 그 때문에 그녀의 존재는 그 공간과 유리된 것처럼 보였다. 만약 그녀가 조금이라도 망설임을 보였거나, 눈이라도 깜박거렸거나, 수건이나 비키니라도 황망히 집어들었다면 나는 그녀가 그다음에 어떤 행동을 취할지 알아차릴 수 있었을지도 모른다. 가령 그녀는 미소를 짓거나 무대 위의 무희를 흉내내거나 잘 계산된 수줍음을 드러낼 수도 있을 터였다. 그랬다면 나는 그 자리에서 그녀에 대한 흥미와 관심을 잃었을지도 모른다. 그러나 그녀는 그 어떤 행동도 취하지 않았다. 심지어는 웃기조차 하지 않았다.

그렇다면 그때 내가 눈을 다른 곳으로 돌렸어야 했는지도 모른다. 어쩌면 그녀는 그러길 기대하고 있었는지도 모른다. 나와 직접 대면해 나를 물리치려고 말이다. 어쨌든 나는 백인 여성의 면전에서 소위 '착한 원주민'의 태도를 견지해야 마땅했다. 아무것도 걸치지 않은 백인 여성 앞에서는 더더욱 그랬다. 나는 내 눈을 백인들이 말하는 '흑인의 시선에 어울리는 곳'에 붙박아두었어야 했다. 그러나 나는 그렇게 하지 않았다. 자신의 자리를 잘 아는 흑인처럼 행동하지 않았다. 물론 나는 이 행위가 단순한 용기 혹은 저항이라고는 생각하지 않는다. 나의 행위는 불가항력적인 것이었다. 그 소녀의 눈에 깃든 무언가가 나를 강력하게 사로잡았기 때문이다. 그 눈은 우스꽝스러울 정도로 천진하고, 투명하며, 원초적이고, 아무것도 요구하지 않았다. 그 눈은 마치 나를 그녀와 같은 우주에 사는 거주민으로 인정해주는 듯했다.

나의 도전은 먹혀들었다. 흡사 헤엄을 치다 지친 사람들이 수면 위로 떠오르려 해도 자꾸만 가라앉는 바람에 살기 위해서는 어쩔 수 없이 서로가 서로에게 단단히 매달려야 하는 것처럼, 나와 그녀는 서로의 시선을 그다지 유쾌하지도 사랑스럽지도 않은 포옹 속에 가두고 있었다. 나는 그 순간 내가 느낀 감정을 정확히 묘사할 수가 없다. 소녀는 그때 아무렇지도 않은 듯 수건 위에서 자세를 바꾸었다. 오른팔은 가슴을 가로질러 젖가슴을 가리고 왼팔은 등 뒤로 넘겨 솜씨 좋게 브래지어의 고리를 채웠다. 약간의 무료함과 계산된 부주의가 섞인 이 행위 때문에 나는 봉긋하게 솟은 자줏빛 젖꼭지와 새하얀 가슴을 언뜻 볼 수 있었다. 순간 처음으로 구역질과 부끄러움과 흥분이 몰려와 나는 눈을 다른 곳으로 돌려버렸다. 다른 곳으로 돌리기는 했지만, 상황을 돌이키기에는 때가 너무 늦었다. 나의 눈은 결코 보아서는 안되는 것을 보았기에, 나는 영원히 카인의 낙인을 달고 살 수밖에 없었다. 저주는 이미 시작되고 있었다. 잠시 후 완전히 안정을 찾은 다음 나는 일어섰다. 일어서긴 했지만, 비틀거렸다. 태양의 열기 때문에 가벼운 현기증이 일었다. 사물이 제대로 보이지 않았고, 심한 두통이 몰려왔다. 뒤를 돌아보지 말아야 한다고 생각하면서 나는 서둘러 그 자리를 피했다. 몇발짝을 뗀 후 뒤를 돌아보자 소녀는 자리에서 일어나 앉아 있었다. 두 팔로 무릎을 감싸고, 머리는 무언가 소중한 것을 빼앗긴 아이처럼 한쪽으로 숙이고 있었다. 그녀는 내가 떠나가는 모습을 가벼운 흥미 이상의 시선으로 지켜보고 있었다.

3

　감옥에서 받는 대접은 그런대로 견딜 만했다. 사형선고를
받은 후 오히려 나에 대한 처우는 믿을 수 없을 정도로 좋아졌
다. 감옥 생활도 훨씬 편해졌고 음식도 눈에 띄게 좋아졌으며,
연필과 종이가 주어진 것은 물론이고 읽고 싶은 책도 마음대
로 읽을 수 있었다. 물론 이것을 액면 그대로 받아들여서는 곤
란하다. 여기에는 단수 높은 역설이 숨어 있다. 나는 운명의
날을 얼마 남겨두지 않고 일종의 원주민 우상이 되어가고 있
었다. 연예인이 별로 많지 않은 나라에서 유명한 연예인이 되
어가고 있었다. 내가 만약 유명한 가수나 영화배우라 해도, 혹
은 심장이식수술에 성공한 의사(세계 최초로 심장이식수술에 성공한
남아공 출신의 크리스티안 바너드 박사를 가리킨다 — 옮긴이)나 유명한

정치인이라 해도 지금의 나만큼 사람들의 관심을 불러일으키지는 못했을 것이다. 나는 대학교육까지 받았지만 나쁜 길로 빠진 원주민으로 사람들의 호기심을 끌었다. 나는 흑인들은 철저하게 배제된 백인들만의 천국을 잠시라도 맛보기 위해 분리대를 부수고 울타리를 짓밟으며 관습과 전통을 내동댕이치고 마침내 백합 같은 백인 '처녀'와 잠자리를 한 원주민이었다. 그 소녀가 더반의 바닷가 나이트클럽에서 백인 사업가들을 대상으로 스트립쇼를 하며 생계를 유지하는 고급 창녀보다 하등 나을 것이 없다는 점은 사람들의 뇌리에서 쉽게 잊혀갔다. 반대로 그녀는 나를 유혹한 꽃뱀이 아닌 성녀가 되어갔다. 안타깝게도 가장 치욕적인 성범죄의 희생양이 된 꽃다운 백인 처녀로 둔갑해갔다. 산짐승처럼 살집이 좋고 얼굴이 불그레한 아프리카너(남아공에 사는 네덜란드계 백인 — 옮긴이) 농부들이 시골을 박차고 나와 내가 있는 바닷가로 내려왔다. 그들은 '지체 높은' 백인 여자를 방갈로에 가두고 흉측스럽고 거대한 '새까만 물건'을 꺼내 그녀의 몸속에 집어넣은 무모하고 용감한 '카피르(흑인을 낮추어 부르는 말 — 옮긴이) 꼬마'가 누구인지 보고 싶어했다. 원주민 소년이 백인 여자를 겁탈하는 장면은 떠올리기만 해도 그들의 눈물을 자아내기에 충분했다. 그들은 내가 수감된 곳을 찾아와 쇠창살 너머로 운동을 하고 있는 나를 흘끔거렸다. 그들이 제일 먼저 떠올린 표정은 놀라움이었다. 그다음으로 의구심이, 마지막으로 확연한 실망감이 잇따랐다. 그들은 백인 여자와 그 기적 같은 짓을 벌인 자가 진짜 이 꼬맹

이가 맞는지 의아해하는 듯했다. 그러나 법정은 이미 모든 것을 확인해주었다. 그녀의 몸에 난 흉터와 타박상은 내 손에 의한 것이었다. 그녀의 옷은 갈기갈기 찢겼고 양쪽 가슴에는 내 지문이 남아 있었다. 애무의 자국과 찢어진 입술은 물론이고 목에서도 다른 상흔이 발견되었다. 가슴과 어깨에서도 내 손 자국이 나왔다. 아울러 가구가 넘어지고 침대가 내려앉은 것으로 보아 누군가 초인적인 힘으로 곤경에서 벗어나려 애썼음을 알 수 있었다. 그러나 농부들은 이 모든 것을 믿지 못했다.

백인 농부들은 누군가 치졸한 장난을 치고 있다고 생각했다. 나는 체구도 그리 크지 않고, 누구나 볼 수 있도록 언제나 뻣뻣하게 곧추선 남근도 갖고 있지 않았다. 머리 양쪽에 둔탁한 뿔도 나 있지 않았다. 어쩌면 나보다 더 평범하고 흔하게 생긴 아프리카인을 찾기도 쉽지 않을 것이다. 죄수복을 입은 나는 백인 방문객들에게 그들의 정원에서 일하는 정원사 꼬마나 일꾼을 연상시켰다.

그러나 부인들은 달랐다. 그들은 내가 어둡고 사악한 악마의 힘을 지니고 태어나 단 한순간의 접촉만으로도 그들에게 평생 지울 수 없는 낙인을 남길지 모른다는 생각을 떨쳐버릴 수 없는 듯 보였다. 주일 복장으로 깔끔하고 세련되게 차려입은 부인들은 곱게 연지를 바르고 장갑을 끼고 모자를 쓰고 있었으며, 마치 전염병을 앞에 두기라도 한 듯 얼굴에 베일을 드리우고 남자들 뒤에 조심스레 서 있었다. 긴장한 듯 손을 뒤로 한 채 어떠한 공격이라도 막아낼 태세로 서 있었다. 남자들은 땅에 침을 뱉고 큰 소리로 저주를 퍼부으며 그 자리를 떠나곤 했다. "더러운 검둥이 새끼! 두 번 목매달아 죽여도 시원찮을 놈 같으니!"

그럼에도 불구하고 교도관들은 나를 잘 대해주었다. 이미 언급했다시피, 나는 이미 연예인이나 마찬가지였다. 교도소장 조차 나에 대해 일말의 자부심과 뿌듯함을 느끼는 듯했다. 이런 사실에 많은 사람들이 놀라긴 하지만, 그 이유를 설명하기는 그리 어렵지 않다. 내가 저지른 범죄뿐 아니라 내가 이 누추한 감옥에 갇혀 있다는 사실이 교도소장과 그 직원들의 관심을 불러일으켰으며, 여러 국제기구 관계자들은 물론이고 세계의 유명한 언론사 특파원들을 이곳으로 끌어모았다. 이런 상황에서 관심의 촛점이 부분적으로 교도소장과 그 직원들에게 돌아가는 것은 자연스러운 일이다. 잘 훈련된 요원들이 나의 일거수일투족을 24시간 내내 분 단위로 관찰했으며, 그 결과는 막 성장해가는 분야인 성범죄학 전문가들에게 전달되었다. 그들은 나를 방문해 즐거운 오후 한때를 보내며 나를 어린 시절의 추억 속으로 빠져들게 했다. 그들은 나의 부모와 선생들, 심지어는 흑인들의 성적인 취향에 대해서까지 끊임없이 질문을 던지곤 했다. 어떤 이들은 남들보다 다소 큰—그래 좋다, 인정하겠다—나의 성기를 직접 확인해보려 했다. 물론, 대다수는 부끄러운 듯 시종일관 진지하고 성실한 태도로 강간범의 정신상태를 들여다보고자 했다. 이들 대부분은 병적이고 불미스러운 경계선상에 있는 어떤 성적인 것과 조금이라도 관런이 있는 문제에 봉착하면 극도의 호기심을 나타냈다. 어떤 이들은 놀라울 정도로 순진한 질문을 던지기도 했다. 만족할 만한 질문을 던지는 이는 매우 드물었다. 그들의 질문은 천편 일률적이었다. 내가 왜 그런 짓을 저질렀는지, 내가 항상 우월한 인종의 여성과 잠자리를 가지려는 욕망을 품고 있었는지 물었다. 또 그들은, 돌이켜보면 조건이 완벽하지는 않았지만, 내가 문제의 그 백인 여성에게 느낀 성적인 감정이 흑인 여성에게 느끼는 것과 동일한 것이었는지도 물었다. 아울러 흑인들이 반란을 일으켜 닥치는 대로 부수고 백인 여성들과 아이들을 마구 겁탈하는 장면을 상상해보라고도 했다. 질문은 이런 식으로 계속 이어졌다.

이 모든 일이 내겐 낯설다. 정말 낯설다. 내가 처한 상황이 특수하다고 말하는 것은 이 사태를 축소하는 바와 다름없다. 나는 강간범이다. 백인 여성의 성스러운 육체를 더럽혔다는 이유로 법정에서 유죄 선고를 받았다. 그런데 내가 교도관들에게 받는 대접은 모든 국민의 평등한 권리를 주장한 정치사범들이 받는 대접과는 신기할 정도로 다르다. 이 점을 어떻게 설명할 것인가? 내가 듣기로도, 또 매일같이 법정에 제출되는 증거물로 보아도 정치범들은 어떤 폭력도 행사하지 않았다. 그런데도 그들은 구속되어 있다. 양식있는 시민들을 분노케 하기에 충분한 일이다. 정치범들에게는 종종 식사도 주어지지 않으며, 인내력의 한계를 시험하는 폭력과 고문이 자행되기도 한다. 국가는 도움을 주기는커녕, 그들의 가족까지 괴롭히고 못살게 군다. 온갖 구실을 내세워 마치 그들이 반국가 범죄를 저지른 양 처벌을 가한다.

　이미 언급했듯이, 내 경우는 분명 다르다. 나는 그런 끔찍한 처우는 받지 않는다. 만약 내가 교수대에 매달릴 날을 받아놓은 처지만 아니라면 나의 수감생활은 고작해야 짜증스럽거나 불편한 정도였을 것이다. 아니, 이런 세상으로부터 강제로 퇴출당한다는 점에서 보자면 오히려 환영할 만한 것인지도 모르겠다. 솔직히 내가 만난 세상은 늘 더럽고, 야비하고, 자비심이라고는 눈곱만큼도 찾아볼 수 없는 곳이었다. 우리 중 가장 뛰어난 자도 가장 최악의 적과 맞서야만 했다. 인간의 탐욕과 파괴적인 욕정 그리고 온갖 허위와 맞서야만 했다. 나는 더이상 이런 싸움을 하지 않아도 된다. 감옥 안에서 벽돌담과 철조망의 보호를 받으며, 나는 마침내 내 육체의 가장 악질적인 욕망을 정복했다. 이제 좀더 근사하고 그럴듯한 성적 만족을 위해 환상을 꾸며낼 필요가 없다. 나는 마지막 나날을 명상으로 보내고 있다. 나는 후대를 위해 이 자기반성의 결과를 높으신 분들이 마련해준 이 값싸고 볼품없는 종이에 남기고자 한다. 여러 사람들이 권한 대로, 내가 살아온 이야기를 글로 남기고자 한다.

4

내가 살아온 이야기? 모든 이들이 내 인생의 곡절에 대해 궁금해한다! 교도관과 신문 편집자, 심리학을 전공하는 학생, 그리고 무엇보다 인간의 기행(奇行)을 연구하는 전문가 들이 모두 나를 찾아와 탐욕스러운 표정으로 내가 던지는 말 한마디라도 놓칠세라 귀를 쫑긋 세운다. 이것은 일종의 현대병이다. 일단 손에 넣기만 하면 모든 것을 설명해줄 어떤 사실에 대한 집착 말이다. 그들은 모든 인간이 겪는 고통도, 시간과 돈을 어떻게 소비할 것인가 하는 문제까지도 그렇게 설명할 수 있다고 믿는다. 스위스계 독일인인 한 유럽인 사내가 쮜리히에서 날아왔다. 우리 시대에는 모든 것이 모젤 강가의 트리에나 쮜리히 또는 빈으로, 『꿈의 해석』과 『공산당 선언』으로 귀결된다.(트리에는 맑스의 고향, 쥐리히와 빈은 정신분석의 중심지이다―옮긴이) 이자는 자신의 일과 가족은 물론이고 돈 많은 환자들을 뒤로하고 나를 만나러 왔다. 이것저것 묻고, 이곳저곳 들쑤셔보고, 심문을 하기도 했다. 그의 이름은 에밀 뒤프레이며, 몸집이 크고 진지한 얼굴에 광택이 번쩍번쩍 나고 테가 없는 안경을 썼다. 그는 느리고 공손한 태도로, 외과의사가 신체의 결함을 찾아내기 위해 청진기를 사용하듯, 무의식의 비밀을 파헤치는 사람들에게는 익숙하기 그지없는 뻔한 질문을 늘어놓는다. 뒤프레는 전체적으로 차분하고 편안한 느낌을 주는 사람이다. 그는 기다릴 줄 알며 결코 서두르는 법이 없다. 그는 같은 질문을 몇번이나 반복한다. 때때로 단조로움을 피하기 위해서나 내 말을 믿지 않는다는 느낌을 주지 않기 위해서만 말을 바꾸어 묻곤 한다. 친절하긴 하지만 뭔가 거리감이 느껴지는 이 덩치 큰 안경잡이 백인 사내 앞에서 내 어린시절 이야기는 늘 특별한 것이 된다. 몇번을 거듭해서 그는 어머니에 대해 묻는다. 아버지에 대한 감정에 대해서도 마찬가지다. 내가 아버지를 죽이고 싶어한 적은 없는지, 아버지가 나무를 벨 때 그 나무가 아버지 머리를 덮치기를 은밀히 바란 적은 없는지 묻는다. 나는 웃음을 터뜨리지만, 그는 전혀 동요하지 않고 재차 묻는다. "정말 그런 일이 일어나기를 바란 적이 없나? 아이들이 자기 아버지에게 비극적인 일이 닥치기를 얼마나 학수고대하는지 알면 자네도 놀랄걸?"

"물론, 그런 적이 있습니다." 나는 터져나오는 웃음을 어찌지 못하고 대답한다. "그런데 왜 그런 생각을 해야 하죠? 난 아버지와 사이가 좋았는데요."

진정으로 미안하다. 나는 학교를 다녀서 잘 안다. 이자가 기대하는 대답이 무엇인지를 말이다. 나는 놀라운 책들은 물론이고 웃기는 책들도 많이 읽었다. 이런 자는 은행에 있는 돈을 관리하는 일이 어른의 소관이듯, 똥 누는 일은 아이의 소관이라고 믿는 부류에 속한다.

한편 아프리카인 방문객들은 확연히 다르다. 그들은 내게 아버지나 어머니에 관해서는 일절 묻지 않는다. 내가 결손가정에서 자랐는지 아니면 유복한 가정에서 자랐는지 따위에 대해서도 묻지 않는다. 이들 역시 다른 사람들처럼 궁금한 것이 많을 텐데도, 그저 면회실 한쪽 구석에 앉아 성범죄와는 거리가 먼 이야기들만 주로 나눈다. 대체로 날씨나 가뭄에 관한 이야기, 아니면 지난봄에 내린 폭우 때문에 토양이 바다로 쓸려가 시골이 황폐해졌다는 따위의 이야기이다. 그러고는 그들은 내게 발언권을 넘긴다. 침묵하기, 어떤 질문도 던지지 않기, 이것은 놀랍도록 세련된 탐색법이다. 여기에는 함정이 숨어 있다. 결국 나는 나를 열고 만다. 이러한 상황이 닥치면, 나는 말을 하고 싶어 못 견딜 지경에 이른다. 모든 것을 털어놓고 싶어 어찌할 바를 모르게 된다. 이러한 상황이 닥치면, 나는 태엽이 잔뜩 감겼다 풀리기를 기다리는 시계로 변한다. 아무것도 남기지 않고 모든 것을 털어놓고 싶어 미칠 지경이 된다.

"그 일이 어떻게 일어났는지 내가 어찌 설명할 수 있겠습니까?" 영국인 소녀와 내가 잠자리를 함께한 날에 관한 이야기를 시작하면서 나는 잠시 한 사람 한 사람의 표정을 둘러본다. "마치 꿈을 꾸는 것 같았습니다. 몽유병 환자 같았지요. 우리는 마치 운명이 결정해놓은 양 늘 가던 해수욕장의 그 자리에서 평상시처럼 만났습니다. 그녀는 늘 하던 대로 옷을 벗고 일광욕을 하기 위해 누웠지요. 저 역시 자리를 잡고 누웠습니다. 물론 저는 '유색인 쪽' 백사장에 누워 있었고, 그녀는 '백인 쪽' 백사장에 누워 있었습니다. 일광욕을 마치자 그녀는 자리에서 일어나 늘 오가던 길로 들어섰습니다. 모래언덕을 넘고, 울창한 숲을 지났습니다. 저는 거리를 두고 조심조심 그녀의 뒤를 따랐지요." 나의 이야기는 이렇게 계속된다. 나의 이야기를 들을 때 아프리카인 방문객들은 나를 정면으로 주시하지 않는다. 그들은 머리를 숙이고, 마치 내 발 모양에 홀린 양 그것을 뚫어지게 응시한다. 그러한 태도는 그들이 내 이야기를 열심히 듣고 있다는 것을 의미한다. 때때로 이해할 수 없는 대목이 나오면, 그들은 아프리카인들 특유의 신음소리 혹은 웅얼거림으로 "으음!" 하고 반응한다.

나 자신을 설명하고자 하는 갈급한 욕망은 계속 이어진다. "방갈로는 거리 뒤편에 있었어요. 그 옆에는 축구장이 있었지요. 방갈로는 아래에 버팀목을 받쳐 지상에서 2미터 정도 떨어져 있고, 문까지 나무계단이 이어져 있었습니다. 소녀는 무척 피곤해 보였습니다. 한 손에는 수건을, 다른 한 손에는 양동이를 든 채 소녀는 한 계단 한 계단을 나른하고 조용한 걸음걸이로 올라갔지요. 계단을 다 오르자 그녀는 잠시 멈칫하더니 문고리를 잡고는 고개를 돌려 저를 노려보더군요. 묘한 미소를 입가에 흘리면서요. 그러고는 문을 살짝 열어놓은 채 안으로 들어갔습니다. 문틈으로 안을 들여다봤더니, 놀랍게도 그녀는 제가 보는 앞에서 옷을 벗기 시작했습니다……"

내가 지쳐갈 무렵까지도 나를 찾아온 아프리카인들은 한마디도 하지 않는다. 놀란 표정도 짓지 않는다. 한숨을 쉬거나 손에 깍지를 낄 뿐 아무 말도 하지 않는다. 그저 바라보기만 할 뿐이다. 이따금 나는 내가 그들을 보고 있지 않을 때 그들이 나를 바라보고 있음을 느낀다. 그저 바라보고 듣기만 함으로써 그들은 종국에 나에 대한 견해를 구축한다. 내가 어떤 종류의 인간인가에 대해 자신들의 생각을 정리한다. 법정에서 이미 밝혀진 바대로, 내가 정녕 바닷가 오두막에 혼자 있는 백인 여자를 가두고 그녀의 의지와 상관없이 그녀를 추행할 법한 종류의 인간인지 아닌지를 말이다. 그들은 결코 자신들의 생각을 발설하지 않는다. 내가 말하고자 하는 바를 듣기만 할 뿐이다. 마지막에 가서야 비로소 그들은 나에 대한 생각을 확정한다.

삼촌이나 숙모뻘 되는 이들, 한번도 본 적은 없지만 이렇게 저렇게 따져보면 먼 친척쯤 되는 이들이 귀기울여 듣는 것은 내 말이 아니다. 그 목소리 뒤에 숨어 있는 그 무엇이다. 내 얼굴에 서린 것과 일치해야 하지만 그렇지 않은 그 무엇이다. 이들을 보며 나는 갑작스럽게 내 말이 빨라지는 것을 느낀다. 내 어조와 상상의 날개가 순간순간 변하는 것을 느낀다. 기대하지 않은 재치와 역설이 번득이는 것을 깨닫는다. 이는 방문객들에게 내가 정서적 불안과 불만을 지니고 있으며 도덕적으로 건전하지 않은 사람이라는 인상을 남긴다. 나의 말투는 그들과 다르다. 그들은 내 목소리와 빠른 박자의 말투에서 이질감을 느낀다. 줄루인(남아공에 사는 흑인 중 가장 많은 인구를 가진 종족—옮긴이)의 정중한 대화법을 방자하게 무시하는 느낌을 주기 때문이다. 줄루인들은 남에게 이야기를 전할 때 간간이 말을 멈추며 점잖고 절제된 태도를 취한다. 그래서 때로는 언제 이야기의 핵심이 나올까 기다리던 사람들이 끝내 고통을 이기지 못하고 끙끙 신음소리를 내는 지경에 이르기도 한다.

나는 분명 이런 전통적인 특질을 지니고 있지 않다. 독선적이고 음탕하며 배타적인 사람처럼 나는 때로는 지나치게 빠르게, 또 때로는 지나치게 머뭇거리는 투로 말한다. 그러다가도 종종 길고 확실한 침묵으로 침잠하기도 한다. 사람들은 수세기 동안 말투를 통해 그 사람의 성정을 판단해왔다. 그러니 방문객들은 내가 말을 마치고 떠날 때가 되면 내가 믿을 수 없는 존재라는 결론에 이르게 될지도 모를 일이다. 내 길이 자신들의 길과 다르다고 판단할지도 모를 일이다. 그들이 보기에 나는 이제 이방인이나 다름없는 것이다. 그들이 법정의 증언대에서 본, 나와 잤다고 알려진 그 백인 여자와 하등 다를 바가 없는 것이다. 종잇장처럼 창백한 피부와 염소털처럼 긴 머리를 가진, 입술에는 붉은 연지를 바른 그 백인 여자와 말이다.

결국, 방문객들은 떠난다. 그들은 시끄럽고 햇살이 따스한 감옥의 뜰로 무리를 지어 나서면서 내 눈을 피한다. 그 의미는 말로 한 것만큼이나 분명하다. 나를 믿을 수 없다는 것이다. 설령 내가 그들을 위해 죽는다 해도, 그들에게 나는 더이상 존재하지 않는다. 현실 속에서 나는 이방인이 된 것이다. 그들과 같은 점이라고는 아무것도 없는 환영이 된 것이다. 이렇게 나는 다시 한번 철저하게 혼자로 돌아간다. 물론 항상 그런 것은 아니다. 이것이 내가 쥐리히에서 날아온 자에게 한 이야기의 본말이다. 나의 지속적인 방문객이자 심문자이며, 나의 고해 신부인 자 말이다.

5

나는 매일 스위스의 저명한 범죄학자인 뒤프레를 만나 이야기를 나눈다. 그는 스스로가 재치있게 표현한 바대로 '과학적 지식의 축적을 위해서' 나의 사례를 자료화하는 일로 바쁘다. 그 스위스 정신과의사를 만나지 않을 때는 주로 내 인생을 글로 써내려가는 일을 한다. 소일거리로는 제격이기 때문이다.

글쓰기는 실로 훌륭한 자기 연단의 도구이다. 어떤 이는 그것이 좋은 성격을 형성하는 데 큰 도움이 된다고 말하기도 한다. 물론 이런 발언이 백인 여자를 강간해 교수형을 당할 처지에 놓인 사람의 입에서 나온 것이라 다소 찜찜하게 들릴 수도 있을 것이다. 하지만 나는 글을 쓰는 데서 커다란 위안을 얻는다. 나는 항상 글을 쓴다. 죽음에 대한 생각이, 때가 되기도 전에 이 지상을 떠나야 한다는 생각이 펜에 새로운 활력을 불어 넣는다.

나는 감방의 쇠창살이 달린 창문 옆에 놓인 조그마한 나무 탁자 앞에 앉는다. 탁자 위에는 교도소에서 준 싸구려 종이가 수북이 쌓여 있다. 이제 길고 고단한 여행을 앞두고 마지막 만찬을 즐기려는 인간의 열정으로 나는 내가 살아온 이야기를 쓴다. 영국인 소녀와의 첫 만남부터 그에 따른 구속과 재판, 그리고 유죄 판결에 관해서 쓴다. 사건이 벌어진 순서대로 쓰지 않고 무작위로 쓴다. 다소 조급하고 불완전한 안도감에 싸인 나의 기억이 병든 내 정신의 면전에 부려놓는 순서대로 쓴다. 내가 여기서 말하는 해방감이란 성적 안도감과 다르지 않다.

한 가지 더 언급하고 싶은 것이 있다. 글을 쓸 때 나는 내 감정을 단단히 붙들어두려고 무진 애를 썼다. 이 점은 매우 중요하다. 일종의 엄격한 도덕적 치밀함이야말로 내가 목표로 하는 바이다. 문장은 잘 다듬고 정리해서 같은 크기의 얼음조각들처럼 만들었다. 자기연민과 동정심이 내가 가장 경계하는 두 가지 오류이다. 미래에 내가 쓴 글을 읽을 사람들에게 최소한 이와 관련된 비난만큼은 받고 싶지 않다. 물론 성공을 보장할 수는 없을 것이다. 하지만 내가 최선을 다했다는 것만큼은 말해두고 싶다. 나는 모든 것을 예리하고 냉철하게 보려고 노력했다. 물론 인간의 동기라는 것이 결코 단순하지 않아서 항상 복잡다단한 모습을 띤다는 것은 잘 안다. 따라서 나는 무엇보다 나 자신은 물론이고 위선적인 나의 형제자매들 같은 익명의 독자 군단을 설득하려 애썼다. 그들은 내 글을 읽고 내가 어떻게 해서 남아프리카공화국 범죄사상 가장 '추악한 성폭력과 강간'의 사례로 이름을 올리게 되었는지를 판단하고 비난할 것이다.

혹자는 이런 생각도 할 것이다. 내 생각도 그러한데, 내 사건이 불러일으키는 부정적인 인상은 기실 범죄 자체의 혐오감에서 기인하는 것이라기보다는 인종적 요인에서 연유하는 바가 크다는 것이다. 간단히 말해, 그 소녀는 백인이고 나는 흑인이라는 것이다. 나는 이처럼 정당하고 관대한 해석에 토를 달 용의가 없다. 왜냐하면 누구나 알고 있기 때문이다. 내가 교수형을 당하는 이유는 **한 소녀**를 강간했기 때문이 아니라 한 **백인** 여자와 잠자리를 함께했기 때문이다. 말하자면 남아공의 백인들이 상상하는 최고의 성적 황홀을 열망했기 때문이다. 더이상 중언부언하지 말자.

나는 뒤프레에게 많은 이야기를 털어놓았다. 이 희한한 사내는 내 이야기를 들으려고 날마다 나를 찾아와 내 표정을 살피고, 이것저것 묻고, 무언가를 열심히 끼적거리기도 하고, 내가 쓴 글과 자신의 기록을 대조해보기도 한다. 그는 유대인으로서 세상에서 벌어지는 온갖 이상한 일과 불쾌한 일을 경험한 바 있어서인지 인내심과 직업적인 호기심을 지니고 남의 이야기를 아주 잘 들어준다. 먼저 나는 그에게 왜 내가 영국인 소녀에게 끌렸는지, 그 충동에 관해 설명하려 한다. 백인 여자를 쳐다보는 것만으로도 백주대낮에 끌려가 매를 맞고 때로는 더 심한 꼴을 당하기도 하는 이런 나라에서 말이다. 그러나 나는 아직도 그 무더운 11월의 어느날 내가 도대체 무엇에 홀려 평소처럼 빨갛고 노란 꽃무늬 옷을 입은 영국인 소녀의 뒤를 밟게 되었는지 명쾌하게 알지 못한다. 나는 그녀를 따라 모래 언덕을 올라 한적한 바닷가 오두막으로 가서 그녀가 마치 선물처럼 옷을 벗고 누워 문을 활짝 열어놓은 채 실오라기 하나 걸치지 않고 침대에 큰대자로 널브러진 모습을 지켜보았다. 나는 사건이 벌어진 순서대로 추적해본다. 적막하게 뻗은 더반 백사장에 미동도 없이 누워 있던 소녀를 처음 본 그 순간을, 몇날 며칠이 흐른 뒤 밤새 퍼부은 폭풍우에 씻겨 널브러진 물고기처럼 백사장에 엎드려 햇볕에 늘어지고 뜨겁게 달아올라 불그스레해진 그녀의 날씬한 몸매를 바라보던 때를, 그리고 다급하게 그녀에게 엉겨붙어 불타는 욕망에 취해 이리저리 나뒹굴던 그 순간을. 그녀의 벗은 몸을 거칠게 탐하려 할 때, 그녀는 비명을 지르고 욕설을 내뱉었다. 그 소리를 듣고 경찰과 이웃들이 열린 문으로 달려들어왔다. 발소리가 우르르 다가오고, 흥분한 목소리들이 점점 가까이 들려오고, 가구의 절반이 넘어지고 — 후에 법정에서는 이 문제가 크게 중요시되었다 — 소녀가 악을 쓰고 발길질을 하는 와중에도, 나는 미친 사람처럼 한 가지 생각에 골몰했다. 필요하다면 폭력을 써서라도, 모든 금지된 쾌락의 근원인 그 작은 샘을 파고들어야 한다는 생각이었다. 나를 초대했으나 이내 내쳐버린 그곳을 말이다. 지금도 눈을 감으면 그녀의 하얀 나체가 보인다. 태양빛에 흠뻑 젖은 머리 내음과, 내 입이 그녀의 가슴을 덮쳤을 때 맛본 땀과 바닷물의 소금기 어린 맛까지 생생히 떠오른다.

뒤프레가 떠나고 나면, 나는 아직 기억이 생생하게 남아 있는 동안 그에게 말했던 내용을 글로 적어내려간다. 빠르게 또 박또박 적어내려가며 세부적인 사실들을 지속적이고 진지하게 보충하는 일도 잊지 않는다. 기껏해야 불확실하고 최악의 경우에는 믿을 수 없는 기억에 기댄 채 말이다. 남아공의 어떤 기준으로 보아도 관대하기 그지없는 대접인 연필과 종이를 허락해준 법무부장관에게 감사드린다. 장관은 내가 책과 종이를 요청하자 그것이 공공의 안전과 질서를 해치지 않을 것이라는 이유로 반입을 허락했다. 강간이라는 성범죄를 저질러 형을 선고받은 아프리카인 수감자가 대체 어떤 짓을 해야 소위 공공의 안전과 질서를 위협하는 일이 되는지는 알 길이 없다. 교도관들도 그 일을 설명하는 데 별 관심이 없다. 대수롭지 않은 일이다. 이것은 남아공 정부가 능숙하게 사용하는 공식적인 문구들 중 하나에 불과하다. 글 쓰는 일을 마치면 나는 종이 뭉치를 옆으로 치운 다음 탁자에서 일어나 독방의 창살 달린 작은 창가로 다가간다. (독방 역시 관대한 대접 중 하나이다.) 그리고 한동안 텅 빈 하늘을 하염없이 바라본다. 마치 비가 오기를 기다리는 사람처럼.

6

공판과정 내내, 정해져 있는 엄격한 의미의 게임 안에서 대법원의 판사들은 비할 바 없이 내게 공정했다. 그들은 나의 권리를 거론했고, 경찰들에게 그 권리를 침해하지 않도록 반복해서 촉구했다. 의심할 바 없이, 내가 유린한 것으로 알려진 소녀가 백인이라는 사실은 이 사건과 관련된 많은 사람들을 두고두고 당혹스럽게 만들었다. 그 사실이, 이 재판의 본질은 한 소녀에 대한 강간이 아니라 강간 혐의자의 피부색과 피해자의 피부색에 있다는 생각을 떨쳐버릴 수 없게 했기 때문이다. 이 문제가 공정한 재판을 업으로 하는 판사들의 존재 이유에 큰 걸림돌이 될 것임은 불을 보듯 뻔한 일이었다. 판사들은 불편부당함과 청렴결백함을 생명으로 하며 그들의 고매한 권위는 바로 거기에서 연원하는 것이다. 내 변호사를 제외한 모든 이들이, 비록 구체적으로 언급하지는 않았지만, 이번 사건의 태풍의 눈이 될 이 문제를 두고 설왕설래했다. 그것은 인종적 음모라는 악취로 대기를 오염시키는 곪아터진 종기였다.

피고인석으로 들어서자 따가운 햇살 때문에 잠시 눈을 제대로 뜰 수가 없었다. 재판관들은 진홍색 법복과 하얀 가발을 쓰고 있었고, 불그스름한 뺨 밑으로는 엄숙하면서도 냉정하고 단호한 표정이 흘렀다. 그들을 보며 나는 속으로 말했다. 이들이 나를 교수형에 처할 것이라고. 내 변론이 채 끝나기도 전에 나는 이들이 나를 교수대에 매달 것임을 직감했다. 그들은 내 눈을 똑바로 쳐다보지 않았으며, 지나칠 정도로 예의를 갖추고 사소한 도발로부터도 나를 보호했다. 이것이야말로 내가 곧 처형될 것임을 암시하는 징조였다. 나는 다시 한번 속으로 말했다. **나는 이들에게 둘도 없는 먹잇감이다. 이들은 내 목을 노리고 있다.** 그러나 그들은 결코 서둘러 자신들의 의중을 드러내지 않았다. 재판장도 마찬가지였다. 하지만 그의 냉정한 미소와 낡아빠졌지만 조심스럽게 두른 스카프를 보고 나는 알 수 있었다. 판결문을 낭독하기 오래전부터 그는 이미 마음속으로 내가 유죄임을 확신하고 있었다.

이런 말을 하면 배은망덕하고 거만한 인간이라는 소리를 들으리라는 것을 나는 잘 안다. 그러나 이토록 길고 끔찍한 공판 과정에서 가장 견디기 힘들었던 것이 재판관의 친절이었다는 점은 분명히 언급하고 싶다. 그의 빛나는 미소는 복수의 칼끝에서 번쩍이는 빛처럼 법정을 위아래로 오르내렸다. 존경하는 재판장님은 틈틈이 법정에 정숙을 요청하면서 노심초사 피고인의 복지를 염려하는 고매한 법관의 마음으로 수감생활에 불편한 데는 없는지 물었다. 때로는 높고 강한 어조로 목소리까지 떨어가며 나의 식사를 개선하거나 잠자리를 보다 편안하게 해주라고 당부했다. 나는 그것이 무엇을 의미하는지 잘 안다. 그보다 더 당혹스러운 것은 재판관이 내가 공판과정에 집중할 수 있는지에 대해 관심을 기울이게 된 일이다. 밀른 재판장은 의자 앞쪽으로 몸을 조금 빼고 앉아 마치 외계인의 음성을 듣고 있다는 투로 흰 가발을 쓴 머리를 한쪽으로 기울이고 있다가 갑자기 시민의 권리를 염려하는 무겁고 사무적인 어조로 소리쳤다. "이토록 중요한 증언을 듣는 중에 피고인이 자주 꾸벅꾸벅 조는 것으로 보아, 피고인이 매일 밤잠을 푹 잘 수 있도록 이 법정이 진정 최선을 다하고 있는지 묻고 싶습니다."

재판장의 이 발언에 경찰들은 물론이고 방청석에 앉은 백인 방청객 사이에서 소요가 일었다. 이 나라에서 흑인의 안위를 걱정하는 이토록 처절한 간청을 그들은 들어본 바가 없기 때문이었다. 그러나 나는 바보가 아니다. 나는 이 판사가 나를 교수형에 처할 것임을 확신한다. 예전에는 확신은 하지 못했지만, 나의 안전과 안위에 대한 그의 지속적인 관심이 나로 하여금 그가 나를 목매달 것이라는 확신을 갖게 했다. 나는 이런 식의 재판에 대해 잘 안다. 이런 판사들에 대해서도 들은 바가 많다. 판결을 내리기 직전까지만 해도 법정에서 죄수들과 즐

거운 표정으로 농을 주고받고, 재판과정 내내 집요할 정도로
검사를 괴롭히고 공박하던 판사들이, 결정적인 순간이 오면
갑자기 기도하듯 머리를 숙이고 거북할 정도로 떨리는 감정적
어조로, 때로는 눈물 어린 동정에 겨워 우스꽝스러운 표정을
지은 채 이렇게 말하는 것이다. "본 재판관은 법에 따라 피고
인의 모든 혐의에 대해 유죄를 인정합니다. 피고인은 최종판
결 전에 더 할 말이 있습니까?" 판사가 취하는 이런 급작스러
운 태도변화는 항상 충격적이다 못해 당혹스럽기까지 하다.
공판이 진행되는 동안 판사가 보인 명백한 동정이나 솔직한
애정 표현을 지나치게 신뢰했던 어리석은 죄수들은 그들의 완
벽한 변신에 심한 충격을 받는다. 자신의 운명이 예기치 않은
방향으로 전개되는 순간, 그들은 놀라움과 당혹감을 이기지
못해 온몸이 뻣뻣하게 굳고 얼굴이 새파랗게 질린 채 법정에
서 졸도하는 지경에 이른다. 나는 이런 죄수들을 수도 없이 보
았다. 나는 이것이 내가 이 세상에서 사라지는 방식이 아니기
를 희망한다.

7

　어두침침한 법정에 앉아 있으면, 일종의 정교하고 유치한 게임이 매일같이 법무부의 꼭두각시들에 의해 벌어지고 있다는 생각이 드는 것을 피할 수가 없었다. 그 게임의 목적은 일종의 원시적인 제의(祭儀)의 완성에 있었다. 그 선봉에는 재판장과 그가 엄숙하게 '법관 형제 여러분'이라 칭하는 두 명의 재판관이 있었다. 그들은 진홍색 법복을 입고 머리에는 아프리카의 의술사들(아프리카에서 제의를 담당하던 사람들은 주로 의술인이나 서구에서는 이들을 폄하할 목적으로 주술사라고 부른다―옮긴이)이 어두운 의식을 진행할 때 쓰는 것과 비슷한 가발을 쓰고 있었다. 그들은 목례를 하거나 자못 심각하게 머리를 위아래로 주억거리곤 했다. 그러나 중요한 증언을 듣는 동안에는 참기 힘들 정도로 지루한 그 시간 내내 완벽하게 움직임을 멈추곤 했다. 그때 그들의 엄숙하고 무표정한 얼굴에서는 심각한 죽음의 은유가 어른거렸다.

카크메카르 검사는 다음날 신문의 머리기사가 될 만한 역할을 수행한다. 그러나 그는 소름이 끼칠 정도로 신뢰감을 주는 자이다. 그가 판사에게 나의 유죄를 주장할 때의 태도를 보면 그가 얼마나 거칠고 냉소적이며 공격성이 강한 자인지 느낄 수 있다. "재판장님, 피고인은 사실 얄팍한 고등교육을 받은 자입니다." 판사에게 이 사실을 상기시킬 때, 턱이 늘어지고 번들번들한 그의 얼굴에는 분노가 이글거렸다. "피고인은 체포되기 직전까지 나탈 대학의 학생이었습니다. 이것은 그가 특권을 지닌 사람임을 뜻하며, 그는 이 특권을 대학 당국을 상대로 불법적인 시위를 벌이는 데 남용했을 가능성이 농후한 자입니다. 본인은 이런 자를 본보기 삼아 징계하여 후에 원주민들이 그릇된 길로 가지 않도록 해야 한다고 생각합니다." 그리고 카크메카르 검사는 잠시 말을 멈추더니, 내가 무장경찰 두 명에게 둘러싸인 채 앉아 있는 피고인석을 향해 눈길을 던졌다. "한 가지 더 언급하고 싶은 것이 있습니다, 재판장님." 그는 설득조로 말을 이었다. "반투(흑인 원주민을 일컫는 말—옮긴이) 신문에 황금 액자에 담긴 사진 두 장이 게재된 바 있습니다. 제가 알기로 이 신문은 무지한 원주민들 사이에서 인기가 매우 높습니다. 감히 말씀드리건대, 이 원주민들은 피고인을 이 나라 법에 대항해 싸운 영웅으로 볼 소지가 높은 자들입니다. 이것이 바로 제가 우려하는 바입니다. 따라서 저는 부디 본 법정이 피고인의 유죄를 인정하고 그에게 최고형을 언도하기를 요청합니다. 본 법정은 이와같은 중죄를 엄히 다스려야 합니다. 존경하는 재판장님, 저는 이와같은 중죄에 어울리는 형벌은 사형 외에는 없다고 생각합니다. 이 도시의 백인 여성이, 아니 이 **나라**의 백인 여성 모두가 우리나라의 거리와 해변을 성추행에 대한 아무런 공포 없이 자유로이 활보할 수 있도록 우리의 경찰과 법정은 최선을 다해 도와야 한다고 생각합니다. 그렇지 않을 경우 재판장님, 우리의 어머니와 여동생들 그리고 사랑하는 여인들은 완벽하게 무장한 경호원이 없으면 밖으로 나가 활보할 수조차 없을 것입니다."

잠시 자신의 웅변에 깊이 감동한 검사는 의자 깊숙이 주저앉은 채 방청석 뒤쪽에 배석한 사람들에게조차 보일 정도로 크고 하얀 손수건으로 이마의 땀방울을 훔친다. 그러나 다행스럽게도, 자신의 주장을 힘주어 전달하는 검사의 열변을 듣는 판사들의 표정에는 일말의 고통과 당혹감이 어린다. 온통 백인 일색임에도 결국 법정은 법의 정신까지는 아니어도 최소한 법이 요청하는 공식적인 수순만큼은 경건하게 밟아나간다. 게임이란, 이것이 만약 게임이라면, 규칙을 엄격하게 지키는 것이 중요하다. 재판관들은 이번에는 작고 말쑥하며 어두운 인상의 내 변호인을 향해 무언가 초조하게 종용하는 듯한 눈빛을 던진다. 공판과정에 필수불가결한 합법성을 부여하기 위해, 내 변호인이 게임에서 제 역할을 수행하도록 은밀히 권유

하는 것이다.

피고인석에서 나는 모든 것을 바라본다. 그 어떤 미세한 움직임도 나의 시선을 피해가지 못한다. 검사와 판사들 그리고 방청석에 앉아 있는 인사들이 저마다 주어진 역할을 수행하는 것을 나는 바라본다. 이것이 내가 전염병처럼 주위를 맴도는 권태감에 대처하는 방식이다. 나는 바로 그 소녀, 버로니카 슐레이터도 바라본다. 그녀는 증언을 마치고 백인 방청석 맨 앞줄에 앉아 있다. 흰 정장에 흰 외투를 받쳐입고 챙이 넓고 편안해 보이는 모자를 쓴 그녀의 자태는 여전히 참을 수 없을 정도로 아름답다. 그러나 오늘 그녀는 달라 보인다. 바닷가의 강렬한 태양 아래에서 내가 본 소녀는 지금 이 자리에 앉아 있는 소녀처럼 창백하고 연약하지 않았다. 그녀는 뜨겁고 도발적이고 관능적이었으며, 항상 수건 위에서 몸을 뒤척였다. 그녀의 피부는 태양의 열기가 파고들어가 앉은 듯 선홍색으로 달아올라 있었다. 오늘 이 법정에서 자신과 같은 피부색을 지닌 사람들 사이에 끼여앉은 버로니카는 너무 희고 연약해서 마치 어떤 마법에 걸려 어둠의 세계에서 막 깨어난 비현실적인 존재처럼 보인다. 그녀는 검은 대륙의 악마 같은 힘에 강간당하고 유린당한 순수와 밝음 그리고 성스러운 육체를 상징하는 것처럼도 보인다. 그녀는 마치 오늘 처음 만난 사람 같다. 그녀의 머리 위로 난 창문에서 빛이 쏟아져들어오지만, 그녀가 앉아 있는 법정의 어둠을 거두어가기에는 역부족이다. 그녀는 길고 아름다운 다리를 꼬고 앉아 두 손을 서로 겹쳐 무릎 위에 얌전히 올리고 있다. 빛은 법정을 가로질러 비추며 내가 피부색이라는 이름의 성에 둘러싸인 채 앉아 있는 피고인석까지 파고든다. 이 빛 때문에 버로니카의 얼굴을 보려 애써도 이따금 그 형체가 명확하게 보이지 않는다. 보이는 것은 다만 그 빛 때문에 뿌옇게 흐려진 백색뿐이다.

나를 변호하는 막스 지크프리트 뮐러 씨는 우리나라에서 돈 없고 힘없는 사람들에게 가장 잘 알려진 변호사이다. 사자갈기 같은 흰머리를 뒤로 넘긴 이 노인은 넓은 이마와 사각턱, 사람의 심중을 꿰뚫어보는 듯한 파란 눈의 소유자이다. 놀라운 점은 그가 나찌의 박해를 피해 스물넷이라는 어린 나이에 남아공으로 망명한 사람으로서 지금 자신이 어디에 서 있는지를 잘 알고 있다는 것이다. 그는 주류 세력, 즉 제대로 훈련되지 않고 경험이 많지 않은 치안판사들과 검사들을 몹시 괴롭히는 인물로 알려져 있다. 키가 작지만 말쑥하고 영국풍 줄무늬 양복을 즐겨 입는 그는 법정에서는 의도적인 침착성을 유지한다. 그것은 검사들의 의기양양하고 과도한 연극에 맞서는 가장 효과적인 전략으로 계산된 것이다. 그는 일어서서 부드럽게 발언을 시작하면서 자신의 적이 수행한 합법적인 논리를 공손하게 받아친다. 절망을 가장하며 판사들을 향해 강변을 토하기도 한다. "재판장님, 근면하고 박식한 메네르 카크메카르 검사에게 요청합니다. 피를 보고자 하는 그의 본능을 억눌러달라고 말입니다. 이 요청이 그에게는 참을 수 없고 감당할 수 없는 절제력을 필요로 하는 것임을 잘 압니다. 그러나 그는 반드시 그렇게 해야 합니다. 박식한 카크메카르 검사가 재판장님 면전에서 내 의뢰인을 하루라도 빨리 교수대로 보내야 한다고 떠들어대는 소리를 듣지 않고 지나간 날이 단 하루라도 있습니까? 나는 카크메카르 검사에게 이곳은 법정이지 정육점이 아니라는 사실을 상기시켜드리고 싶습니다."

이러한 일들은 몇날 며칠 동안 계속된다. 법정의 열기는 견딜 수 없을 정도로 고조된다. 법정 밖에서는 헐벗고 무관심한 하늘로부터 햇살이 쏟아져내리고, 법정 안에서는 그 무관심이 중요한 상징적 행위로 둔갑한다. 그 속에서 나는 제물로 바쳐지기를 기다리는 한 마리 염소일 뿐이다. 물론 나는 꼭 필요하지만 자꾸만 늘어지는 이 피의 축제의 준비 절차가 지겨울 뿐이다.

법정에서 벗어나면 내게 불리한 증거가 하나둘 축적되고 있음을 듣는다. 이 증거들은 세부적인 부분까지 적나라한 성적 묘사를 마다하지 않는 증인들의 진술을 짜맞춘 것들이다. 정부 소속 병리학자들은 이 사건에 대한 자신들의 불쾌감과 불편함을 함부로 드러내지는 않지만, 소녀의 몸에서 채취한 정액을 어렵게 감정한 결과를 보란 듯이 발표할 때는 의기양양한 표정을 짓기도 한다. 직업에 대해 엄청난 자부심을 지닌 의료진은 그 소녀가 육체적으로 어떻게 저항했으며 어떤 폭행을 당했는지 입증하기 위해 소녀의 옷을 벗기고 몸을 낱낱이 검사한 과정을 법정에 고한다. 세부적인 사실 증언과 관련해 법정이 가장 선호하는 이자들은 소녀의 목과 어깨와 왼쪽 가슴에 남은 애무 자국에 대해서까지 자세하게 증언한다. 다음으로 경찰관들의 분노에 찬, 그러나 열정적인 증언이 이어진다. 그들은 결코 서두르지 않고 찢어진 속옷과 넘어진 가구, 침대보와 카펫에 남은 혈흔과 지문, 그리고 성행위의 흔적들에 대해 증언한다. 이러한 끔찍한 진술들을 판사가 확인하고 나면 법정에는 아쉬운 정회가 선포되고, 사람들은 다음에는 보다 선정적인 증언이 나올 것을 기대하며 집으로 돌아간다. 나 역시 유명인사가 된 나의 신분에 어울리게 나를 데리러 온 검은 쎄단을 타고 무장요원들의 호위를 받으며 감옥으로 돌아간다. 내가 탄 차는 분주한 거리를 왕실 차량처럼 서서히 빠져나간다. 감옥으로 돌아오면 나는 몇시간이고 침침한 불빛 아래 앉아 책을 읽거나 글을 쓰고, 아니면 인간의 조건에 대한 명상의 시간을 갖기도 한다.

나를 태운 차는 매일같이 단조롭게 같은 길을 왕복한다. 이것은 안전에 대한 배려가 놀라울 정도로 부족함을 드러내는 것이어서 아연할 따름이다. 대법원은 잿빛의 고풍스럽고 웅장한 빅토리아풍 건물로 여기저기 새똥이 쌓여 있다. 이곳에서 공원까지는 신호등 하나만 지나면 되는데, 인도양의 경치를 감상하는 데는 이곳 언덕배기만큼 좋은 곳은 없다. 그러나 대법원 건물은 실망 그 자체이다. 이 도시는 상록수와 계절에 관계없이 피고 지는 꽃으로 이름이 나 있는데, 유독 대법원만이 초록이라고는 눈을 씻고 찾아보려야 찾아볼 수 없이 먼지만 풀풀 날리는 맨땅 위에 기괴하고 엄숙한 모습으로 서 있다. 대법원 주변에는 주차장과 여학교 그리고 회의실로 쓰이는 건물이 있다. 이곳이 바로 남아공 특유의 정의가 시행되는 곳으로 유명한 장소이다. 여기서부터 길은 경마장을 지나고 시내의 주요 쇼핑 단지를 지나 바다로 이어진다. 날씨가 화창한 날에는 야자나무가 죽 늘어선 산책길과 대양이 먼 곳까지 한눈에 들어온다. 바다는 참으로 잔잔해서 이 도시에서 일어나는 소요와 자잘한 갈등, 인종폭동과 경제적 분쟁 같은 것들과는 무관해 보인다. 이곳에서 멀리 보이는 항구 너머로 뻗어 있는 것이 바로 햇빛을 받아 진주처럼 반짝이는 더반 백사장이다. 6개월 전 내가 영국인 소녀 버로니카 슬레이터를 만난 곳. 하얀 피부의 그녀는 졸린 듯 나른한 모습으로 '백인 전용' 해수욕장과 돌투성이인 '유색인 전용' 해수욕장 사이에서 홀로 일광욕을 즐기고 있었다. 당시 나는 반항적이고 '품행에 문제가 있다'는 이유로 대학 측으로부터 퇴학 처분을 받은 처지여서, 매일매일 하릴없이 바닷가를 거닐며 멀리 유럽과 미국과 극동에서 온 대형 선박들이 증기를 뿜어대는 모습을 바라보는 일로 소일하고 있었다. 우울한 기분에 젖어 있던 나는 억압적인 삶과 끔찍한 착취의 땅인 남아공을 떠날 생각을 하고 구체적인 계획을 짜기도 했다. 예기치 않게 이 해변에 나타난 소녀 역시 어쩌면 내가 간절히 꿈꾸던 도피처 가운데 하나였는지도 모른다. 때때로 삶은 우리에게 많은 장난을 친다.

8

　"씨비야 군, 우리 처음부터 다시 시작해볼까?" 뒤프레는 항상 이런 식으로 그가 '잠재적 정신이상'이라 즐겨 부르는 것에 관한 일련의 심문을 시작한다. 그는 진정 나의 집요한 구애자이자 진지한 심문관이며, 평화의 파괴자이자 고문관이다. 종종 나는 그의 얼굴을 마주하는 일이 죽기보다 싫다. 무언가를 캐내려고 탐욕스럽게 번득이는 눈빛하며, 반짝이는 테 없는 안경이 얹힌 매부리코를 보는 일은 괴롭기 짝이 없다. 다소 쉰 듯한 그의 목소리는 내 귀를 박박 긁어대는 것만 같다. 느리지만 강한 어조로 구사하는 그의 영어는 언제나 정교하고 섬세하다. 외국어인 영어를 성실하게 연마하여 얻어낸 조금의 흠결도 없는 정확성이 그의 영어에는 배어 있다. 정연하긴 하지만 맛깔스럽지 않다. 효과적이긴 하지만 인간적인 시정(詩情)이 부족하다. 각고의 노력 끝에 얻어낸 것이라 그런지, 그의 말솜씨는 리듬이 부족하고 언어적 재치가 떨어진다. 그 언어를 현재의 수준으로 습득하느라 겪었을 뼈를 깎는 긴 고통의 시간이 짙게 묻어난다. 놀라울 정도로 정확하지만 뒤프레의 영어는 과학자의 언어일 뿐이다. 의심할 여지 없는 경찰 조사와 고문의 언어일 뿐이다. 언어적 유희의 즐거움은 물론이고 인간 언어의 매혹적인 간결함은 결단코 찾아볼 수가 없다.

"씨비야 군," 뒤프레가 묻는다. "이걸 오늘 내가 자네와 나눌 이야기의 주제라고 해도 좋을지 모르겠지만, 지난번에 자네가 내게 진술하겠다고 진지하게 약속한 자네의 목가적인 어린시절에 대해 알고 싶은데. 이건 우리 같은 직업군의 사람들에겐 대단히 중요한 임상적 관심거리거든."

"목가적인 어린시절이요?" 나는 놀란 척 반문한다.

"그래, 그 이야기를 듣고 싶네. 그래야 자네와 같은 인종의 여성이 아닌 다른 인종의 여성에게서 성적 만족을 얻으려는 자네의 그 욕망과 강박의 기원을 추적하는 데 도움이 될 테니 말일세."

"그건 그저 순간적인 충동이었을 뿐인데요, 박사님. 그 이상도 이하도 아니었다고요. 왜, 그런 것 있지 않습니까? 순간적인 통제력의 상실, 광기, 좌절 같은 것 말입니다." 순간 이 저명한 박사의 얼굴에 당황하는 빛이 역력했다. 이런 식의 문제 회피가 그를 분노하게 하리라는 것을 나는 잘 안다. 그러나 내겐 이런 방법만이 공식적으로 인정된 관료 및 외국 방문객들의 귀찮은 호기심으로부터 나를 방어할 수 있는 수단임을 어찌하랴.

내가 수감된 죽음의 감옥으로 유령 같은 황혼이 지고 있다. 새까만 거미들은 내 머리 위에서 섬세한 비단실 같은 마법의 거미줄을 짜서 조심성없는 먹이들을 산 채로 포획하고 있다. 그리고 정신병 전문의와 나는 우리가 나누는 대화의 성격에 걸맞게, 근거리에서 침울하지만 친숙하게 서로를 바라보며 앉아 있다. 그럼에도 불구하고 우리 둘 사이에는 장벽이 놓여 있다. 나와 그 어느 쪽도 쉽게 인정하고 싶어하지 않는 장벽이. 이유는 간단하다. 죽음을 앞둔 운명의 소유자로서는, 임박한 죽음의 그림자를 거느리고 있지도 않으며 때 묻은 무의식의 이음새를 발굴하는 일만이 유일한 삶의 목적인 타인의 존재 앞에서 불편함을 느낄 수밖에 없기 때문이다. 어쩌면 이런 인식이 우리 둘을 진정으로 갈라놓는 이유이자 새벽마다 내 죽음의 감옥에 찾아오는 우울의 정체인지도 모른다. 이 백인 남자와 내가 과연 무슨 얘기를 서로 주고받을 수 있을 것인가? 그 얘기가 과연 강고한 역사의 껍데기를 깨부수고 우리가 봉인된 타임캡슐로부터 우리를 해방시킬 수 있을 것인가? 스위스계 독일인이자 유대인인 그가 남아공의 흑인 범법자를 과연 무슨 말로 위로하여 고통과 상실을 나누고 우리 둘 사이에 존재하는 거대한 사회적 배경과 역사적 차이를 뛰어넘는 소통의 교량을 세울 수 있단 말인가? 우리의 대화는 충분히 우호적이긴 하지만 종종 길 잃은 파리가 윙윙거리는 소리와 날카롭게 울리는 교도관의 구둣발 소리 때문에 중단되곤 했고, 나아가 섬세한 긴장을 일으키며 긴 침묵 속으로 빠져들기도 했다. 그럴 때마다 이 스위스인은 파이프의 재를 떨어내고 그가 항상 팔꿈치 근처에 두는 갈색 가죽주머니에서 담배를 꺼내 파이프에 채운다. 나는 안다. 그가 정기적으로 깊은숨을 들이쉬고 뱉으며 자신의 마음속에서 일어나는 동요를 잠재우려 애쓴다는 사실을. 하지만 그의 호기심에는 진실한 면이 있다. 호기심을 채우려는 그의 열망은 너무나 커서 어떤 것도 그것을 잠재울 수 없다. "자네의 고향에 대해서 말해주게." 그는 재촉한다.

이런 요청을 받으면 나는 좀더 경직된 자세를 취한다. "음짐바에 대해서요? 그곳에 대해서라면 별로 할 말이 없는데요, 뒤프레 박사님."

뒤프레는 간청하듯 미소를 짓는다. "정말인가?"

"말하자면, 그곳은 다른 여느 곳과 비슷한 시골이란 말씀입니다. 넓은 들판이 있고, 신선한 공기가 있죠……" 나는 말을 이어간다. "일종의 자유도 있고요." 그러나 말이 자연스럽게 혀에 와 감기지 않는다. 내가 내뱉은 문구와 내가 묘사하고 싶은 감정 사이에 간극이 생긴다. 음짐바라니? 나는 수년을 도시에서 살았다. 가파른 언덕과 깊은 계곡 그리고 그곳을 수놓은 이엉을 얹은 줄루인의 진흙 오두막이 있는 암갈색 풍경이 어떻게 쉽게 떠오를 수 있겠는가. 날씨가 맑은 날에는 오두막이 옹기종기 들어선 갈색 마을에서 흰 연기가 피어올라 눈부신 햇살을 따라 일렁이는 모습을 몇 킬로미터 떨어진 곳에서도 볼 수가 있다. 심하게 내린 비로 이곳저곳이 무너진 협곡을 따라 이어지는 적토색 이랑도 볼 수 있다. 그곳의 풍광을 지배하는 가장 압도적인 볼거리는 투겔라 강으로, 그 강은 폭이 좁고 숲이 많은 협곡을 지나고 광대한 언덕들의 파도를 지나, 줄루의 소가 한없이 푸른 지평선을 바라보며 성스럽게 풀을 뜯는 대평원을 따라 무려 110킬로미터를 흐른다. 이곳에서 다시 물살이 거칠고 빨라져 배를 띄울 수 없는 험난한 지역을 지나고 나서야 강은 평평한 해안가에 다다라 서서히 바다로 흘러들어간다.

나는 이곳에서 줄루 대가족의 사랑스러운 아들로 태어나고 자랐다. 크랄(대가족이 함께 사는 줄루 전통가옥―옮긴이)이라 불리는 넓은 집에서 함께 사는 여러 '어머니들'과 여러 '아버지들'은 물론이고 많은 누이와 형제 그리고 사촌과 숙모 들에게 깊은 사랑과 애정을 받으며 자랐다. 지금까지도 나는 선명하게 기억한다. 언덕배기에 자리잡은 넓디넓은 우리집과 가축 우리를 빙 두른 움집들을. 이것이 줄루 대가족의 전형적인 가옥 구조이다. 언덕을 조금만 걸어올라가면 줄룰란드(남아공에서 줄루인이 많이 모여 사는 지역―옮긴이)에서 가장 아름다운 마을이 한눈에 들어온다. 160킬로미터 떨어진 내륙에서도 훤히 보이는 고원 끝에 서면 바다는 더없이 잔잔하게 보인다. 그렇게 높은 곳에서 보면 바다는 마치 물침대에 누워 휴식을 취하는 게으른 여자처럼 보인다. 가없이 파란 얕은 바다를 지나는 배 한 척과 함께 일광욕을 하느라 알몸으로 누워 쉼없이 불어오는 미풍에 온몸을 맡긴 여자. 그러나 날씨는 변덕스럽고 믿을 수 없다.

낮이 되면 갑작스레 대양에서 짙은 수증기가 일어나고, 오후의 강풍이 그 습한 수증기를 내륙으로 내몬다. 벼랑까지 올라간 공기는 급속히 응결해 폭우가 되어 쏟아져내린다. 그 누구도 폭풍우가 칠 것이라고 예상한 사람이 없을 정도로 모든 일은 항상 너무나 급작스럽게 벌어진다. 아침이 되면 다시 구름한 점 없고 물기 한 방울 없는 하늘 저편에서 분노한 태양이 작열한다. 하늘은 뜨거운 불 위에 놓인 질그릇처럼 잔뜩 인상을 찌푸린다. 오후가 되면 대양에서 습한 공기 내음을 맡은 인칭기지('검은 새'라는 뜻으로 전쟁이나 재앙을 예견한다고 여겨진다—옮긴이)가 제 비밀을 흐느낀다. 검은 구름이 몰려와 음짐바의 산꼭대기를 덮고, 젊은 줄루 처녀의 가슴만큼이나 커다란 물방울이 하늘에서 떨어진다. 아침에 투겔라 강을 건넌 몇몇 사내는 저녁에 집에 돌아오지 못한다. 강이 불어 사나워지면서 나무가 뿌리째 뽑히고 동물들도 익사한다. 때로는 재수없는 사람의 시체도 둥둥 떠다닌다.

이것이 음짐바와 줄룰란드에 대한 나의 기억이다.

내 어린시절 음짐바의 삶은 느리고 편안했다. 우리는 어렸기 때문에 이 나라의 다른 곳에서 흑인들이 처한 가혹한 삶의 질곡을 잘 알지 못했다. 땅은 기름졌고 우리에겐 많은 가축이 있었다. 먹을 것은 넘쳐났고 저축할 거리까지 있었다. 내가 백인 통치자, 아니 백인 여자를 처음 본 것은 열네살 때였다. 나는 또래 아이들보다는 나이가 더 들어 보이지만 톰바(줄루 아이들이 치르는 성년식—옮긴이)를 치른 상태는 아니었다. 유럽인 정착촌은 음짐바에서 60킬로미터쯤 떨어져 있었다. 그들은 특별한 의무와 책임을 요하는 일이 아니면 우리가 사는 곳에 좀처럼 나타나지 않았다.

뒤프레는 내 부모님이 사이가 좋으셨는지 자주 묻는다. 그가 아니라면 대체 누가 내게 이런 질문을 그렇게 자주 할 수 있겠는가? 나의 대답은 명쾌하다. 내 부모님은 금슬이 무척 좋았다. 서로에게 무척 다정했다. 여자와 남자를 결속하는 대단히 애매한 정서를 사랑이라는 이름으로 굳이 불러야 한다면, 내 아버지와 어머니는 정녕 서로를 깊이 사랑했다. 그러나 훌륭한 가장이자 훌륭한 줄루인인 아버지는 그런 소리를 들으면 무척 당황했을 것이다. 사랑이라! 과연 누가 사랑을 알 것인가? 개는 주인을 사랑한다. 남자는 여자와 아이들을 돌본다. 그러면 그는 행복하다. 그런데 사랑이라? 이렇게 얘기하면 우리네 유럽인 지배자처럼 마음이 여린 사람들은 상처를 받을 것이다. 내 부모님들의 관계 그리고 서로에 대한 헌신과 신의를 돌아보건대, 나는 같은 대답을 다시 한번 반복할 수밖에 없다. 아버지는 어머니를 무척이나 사랑했고, 어머니 역시 아버지를 사랑했다. 분명 두 분 사이에는 서로에 대한 애정과 서로에 대한 육체적 갈망, 그리고 서로에 대한 존중이 있었다.

내 어머니 농까네지를 아내로 맞았을 때 아버지는 고령이었고, 내가 태어났을 때는 이미 네 명의 부인에게서 낳은 수많은 자녀를 슬하에 거느리고 있었다. 몇몇 자녀들은 이미 결혼해서 일가를 꾸리고 있었다. 이것은 일부다처제 집안의 전형적인 모습이었다. 어머니는 가장 어렸기 때문에 귀여움을 독차지했다. 나이가 어린 부인은 확실히 나이가 많은 부인들보다 이로운 점이 많았다. 다른 부인들은 동작이 굼뜨고 살집이 늘어났지만, 어린 부인은 여전히 충만한 정력을 지니고 있었다. 나이 먹은 부인들은 아이를 임신할 걱정을 조금도 하지 않았지만, 나이 어린 부인은 새로운 생명을 잉태해서 자기 아버지뻘 되는 남자에게 바쳐야 했다. 어머니는 강장제 같은 존재였다. 아버지는 명랑하고 생기발랄한 젊은 처자 덕에 무덤으로 가는 길을 안락하게 예비할 수 있었다. 어머니는 나이가 들어 세속적인 기쁨을 이미 포기해버린 아버지에게 성적 능력을 되찾아주기도 했다. 내 어머니는 그런 사람이었다.

결혼했을 무렵 어머니는 아직 소녀였다. 지금도 기억나는 것은 내가 다 큰 총각이 될 무렵까지도 어머니는 앳되고, 보통의 줄루 부녀자들과는 달리 매우 날씬하고 하늘하늘한 몸매를 유지하고 있었다는 사실이다. 젖가슴은 여전히 뾰족했고, 검은 머리에는 윤기가 돌았으며, 이도 새하얗게 반짝였다. 어머니에게는 몇가지 소문이 따라다녔다. 그중 사람들의 입에 가장 많이 회자된 것은 어머니가 아버지와 결혼하기 전에 같은 마을에 살던 유명한 시인을 정인으로 두고 있었다는 소문이었다. 그 정인이 끝내 신부의 몸값(줄루 남자들은 결혼할 때 신부를 데려오는 조건으로 신부의 집에 몸값을 지불한다—옮긴이)을 지불하지 못해 둘의 관계는 파국으로 끝을 맺었다. 이 염문의 파괴력은 매우 커서 젊은 시인은 체면을 구겼다. 그러나 어린 사자에게 닥친 이 실패는 씨비야라는 늙은 사자에게는 둘도 없는 기회였다. 세월이 한참 흐른 후에 어머니에게 그 재능 많은 시인과 사랑에 빠진 일에 대해 물어볼 기회가 있었다. 실수로 시인의 이름을 언급할 때 떨리던 어머니의 목소리에는 당황한 빛이 역력했다. 어머니의 눈망울에서 오랫동안 잊고 지낸 그림자가 과거를 박차고 나오는 모습이 보였다. 그 그림자는 쥐 죽은 듯 지내는 어머니의 현재 처지를 조롱하는 듯 보였다. 어머니가 그런 모습을 보이는 순간은 아주 드물었다. 그런 때 이외에 처녀시절과 연관된 어머니의 불행은 오직 높고 신경질적인 웃음소리로만 빈번히 드러나곤 했다. 그것은 때때로 억제할 수 없는 흥을 메마른 히스테리로 바꿔버리곤 했다.

줄루의 대가족은 구성원간의 조화를 위해 불행이라는 정서를 허락하지 않는다. 어느정도 시간이 지나면 그 정서는 사라져야 하고 삶은 계속되어야 한다. 대가족이 존재하는 이유가 바로 거기에 있다. 내 어머니의 경우도 마찬가지였다. 아버지의 청혼을 받아들이자, 과거의 모든 슬픔은 잊었다. 그리고 현재의 삶에 만족했다. 어머니는 한 집안의 힘있는 어른이 가장 총애하는 아내가 아닌가. 게다가 어머니의 미모는 모든 이가 경탄해마지않을 정도로 대단했다. 때때로 어머니의 미모는 집안의 다른 부인들에게 완곡한 비난 혹은 공포의 대상이 되기도 했다. 나이 많은 부인들은 고통스러운 찬탄과 조심스러운 비난이 교차하는 심정으로 농까네지의 쾌활한 성격과 소탈함 그리고 건강한 정신에 대해 말했다. 또 그들은 어머니의 걸음걸이에 대해서도, 그것이 어딘가로 가기 위한 것이 아니라 뭇 사내들의 시선을 잡아끌 요량으로 뻔뻔스럽게 꾸며낸 것이라고 말했다. 또한 덧붙이기를, 사내들의 눈은 이미 너무 분주해서 그 이상의 자극을 받아들일 수 없을 정도라고 했다. 가장 어린 부인이 때때로 새로운 구슬장식을 하고 반짝거리는 팔찌와 발찌를 하고 나타나기라도 하면 사람들은 모두 숨을 멈추었다. 나이 많은 부인들은 꾸짖고 야단쳤다. 결혼한 아낙이 떠오르는 태양처럼 휘황찬란한 것을 온몸에 칭칭 감고 돌아다니는 것보다 더 볼썽사나운 것은 없다는 것이다. 나이 든 부인들은 한숨을 내쉬고 머리를 주억거렸다. 어찌되었건, '별'이라는 뜻의 이름을 가진 나의 어머니 농까네지가 처녀시절 수많은 청년들에게 구애를 받았다는 사실을 모르는 이는 없었다. 동네 청년들은 어머니를 손에 넣기 위해 수없이 많은 작대기 싸움(줄루 청년들이 자신의 용맹함을 보이기 위해 벌이는 싸움─옮긴이)을 벌였다. 그렇지만 그런 풋내기 사자 새끼들로부터 보석을 낚아챈 이는 씨비야라는 나이 많고 지혜로운 수사자였다.

사람들이 자신의 등 뒤에서 무슨 얘기를 하든지 간에 어머니는 내색하지 않았다. 마을의 삶은 소박했다. 삶은 그렇게 이어졌다. 한 계절이 가면 다른 계절이 왔다. 모두가 한가족으로 모여 살았지만, 각각의 부인들에겐 자기들만의 집이 있었고 그곳에서는 그들 각자가 안주인이었다. 내가 '어머니들'이라고 부른 다른 부인들은 차례대로 아버지를 위해 식사를 준비했다. 차례대로 아버지와 잠자리도 나누었다. 당시 나는 너무

어려서 줄루 대가족 체계의 책임분담과 균형 잡힌 상호관계의 복잡한 구조를 제대로 이해하지 못했다. 낮에 어머니들은 주로 옥수수 껍질을 벗기거나 곡물을 맷돌에 가는 일 따위의 집안일을 했다. 그러면서 그들은 꼬꼬댁거리는 닭떼처럼 마당에 앉아 끝날 것 같지 않은 수다를 떨었다.

뒤프레는 조심스럽게 한두 차례 나의 종교적 배경에 대해 물었다. 죽음의 시간은 우리의 사유가 좀더 고상하고 영적인 것으로 고양되는 순간이라는 말도 했다. 자신의 운명과 마주하는 순간이라고도 했다. 득과 실의 계산은 다 끝나고, 상실의 공포 또는 영원한 축복의 희망이 놀라울 정도로 정신을 집중시키는 순간이라고도 했다. 그의 말이 옳을지도 모른다. 그러나 고백하건대, 나에겐 종교가 없다. 따라서 나는 내 창조주를 만날 준비가 전혀 되어 있지 않다. 줄루인들이 관습적으로 염원하는 것처럼 조상님들이 계신 곳으로 가고 싶은 생각도 없다. 내가 저지른 범죄의 성격상 그분들이 나를 당당한 일원으로 반겨줄 것 같지도 않다. 그래서 내겐 종교에 대한 관심이 추호도 없다. 문제의 본질은 내가 상실자라는 것이다. 좀더 정확히 표현하자면, 나는 이중의 상실자이다. 아버지와 달리 나는 아무것도 믿지 않는다. 기독교에서 말하는 영생도, 조상의 영혼이 주는 지극한 동족애도 믿지 않는다. 내세에 대한 믿음도 없다. 교수대에 매달릴 시간이 오면, 나는 두건을 쓴 채 마지막 계단을 오를 것이다. 명령이 떨어지면 나는 허공을 디딜 것이고, 칼날이 획 소리를 낼 것이다. 어둠 외에는 아무것도 남지 않을 것이다. 나의 상실은 믿음의 부재이다. 그러나 이것은 나의 힘이기도 하다. 아버지는 달랐다. 모든 것을 종교적 신념과 도덕에 연결했던 아버지는 고집스럽게 관습과 전통에 집착했다. 아버지는 날마다 약초즙을 마셨다. 조상신께 기도도 올렸다. 본채 뒤편에 촉이 넓은 창들과 가늘게 찢어 말린 제사용 고기와 신성한 약초가 보관된 엠싸모(조상신께 기도를 올리는 장소—옮긴이)라는 특별한 곳에서 아마통가(꿈의 형태로 나타나 산 자에게 하고 싶은 말을 전하는 조상신—옮긴이)라는 조상신에게 제를 올리고 땅바닥에 인뗄레지(주변을 '정화'하기 위해 사용하는 향으로 행운을 가져다준다고 한다—옮긴이)라는 향을 뿌린 다음, 뜨거운 진흙 제기 속에 재빨리 손을 담근 후 손가락에 묻은 약물을 핥았다. 아버지는 당신을 잘 이끌어달라고 끝없이 기도했다. 집안을 화평하게 하는 신중함을 달라고 기도했다. 개인사를 잘 처리하게 해달라고 기도했다. 그 결과가 바로 지금의 나다. 백인 여성을 강간한 죄목으로 교수형을 기다리고 있는 나다. 어디에 계시든 아버지는 이렇게 탄식할 것이다. "조상님, 제가 대체 무슨 잘못을 했나이까?"

어릴 때 나는 아버지를 자주 뵙지 못했다. 아버지를 잘 아는 사람들의 말로는, 당신은 그 역시 조만간 합류하게 될 조상신들과 대화를 나누는 것을 즐겼지, 가족사에 끼여들어 감 놔라 배 놔라 하지 않으셨다고 한다. 가족사에 끼여들면 항상 골치 아프고 신경을 거스르는 일이 많았다. 나에게 말년의 아버지는 그 존재를 어렴풋이 알고는 있지만 실체를 파악하기는 어려운 희미한 그림자 같은 존재였다. 이따금 아버지를 뵈면, 아버지는 입을 비죽 내밀고 심각한 표정을 지은 채 잘 닦인 지팡이를 들고 앞마당을 가로질러 사라지곤 했다. 아주 가끔은 외양간 주위에서 집안의 대소사를 주재하는 일도 있었는데, 그때마다 그는 완고하지만 인자한 줄루 가장 특유의 권위를 발휘했다. 내가 기억하는 아버지는 멀고 어렵지만 사랑받지 못하는 존재는 아니었다.

어머니는 모든 면에서 아버지와 달랐다. 아버지가 보수적이고 결코 물러설 줄 모르는 줄루인의 기질을 대변한다면, 어머니 농까녜지는 정열적이고 모험적인 정신의 소유자였다. 기민하고 열정적이며 돌파력이 강한 어머니의 성정 덕분에 나는 당시 줄루 소년으로서는 감히 상상도 할 수 없는 인생의 특권을 누릴 수 있었다. 그것은 바로 학교에 다니는 일이었다. 그 목적을 달성하기 위해 어머니는 참고 또 참았으며, 때로는 교활한 책략도 사용했다. 처음에 아버지는 내가 학교를 다니는 것에 반대했다. 그러나 당신이 가장 총애하는 부인이었던 어머니의 간곡한 청을 차마 거절할 수 없었다. 어머니는 교육이 흑인들에게 어떤 기회를 열어주는지 입에 침이 마르도록 설명했다. 강대한 제국을 무너뜨리는 데 연필과 교육보다 더 강력한 것은 없다고 설득했다. 공부를 하면 존경받고 편안한 삶을 누릴 수 있으며, 큰 영향력을 행사할 수 있다고 했다. 아버지는 콧방귀를 뀌었다. 어머니가 말하는 기회라는 것이 젊은이들을 도시로 잡아끄는 미끼일 뿐이며, 이로 인해 젊은이들이 명예와 부를 좇아 마침내는 아버지의 온실을 등지게 되리라는 것을 당신은 잘 알고 계셨다. 토지를 개간하고 가축을 기르며 공동체의 결속을 다지는 일이 뭐가 문제란 말인가? 이러한 일들은 이미 외부 세력의 심한 핍박을 받고 있었다. 그렇지만 아버지는 여느 전통주의자들과 마찬가지로 냉철한 현실주의자였다. 그는 진짜 기회가 무엇인지를 볼 줄 아는 사람이었다. 점점 더 복잡해지고 생전 들어보지도 못한 새로운 기술이 요구되는 사회에서 자식을 학교에 보내는 일이 결코 나쁜 일은 아니었다. 글을 읽고 쓸 줄 알며, 멀리 떨어져 있는 사람들과 마음대로 소통할 수 있는 능력, 백인들이 지닌 그 마술적인 능력을 가지고 싶어하지 않는 흑인은 없었다.

결국 아버지는 글을 읽고 쓸 줄 모르는 다른 형제들을 제쳐두고 내가 음짐바에 있는 루터교 초등학교에 입학하는 것을 허락했다. 이것은 내가 다른 종교로 개종하고 세례를 받아도 좋다는 의미이기도 했다. 백인 선교사들은 이교도 인종의 아이들에게 올바른 지식을 심어주는 데 심혈을 기울였으며, 신입생을 받아들이기 전에 개종을 권했다. 이 점에 관한 한 교회의 입장은 대단히 강경했다. 마을 사람들은 이것이 일종의 협박이라고 생각했다. 또한 그들은 집안 전체에서 한 아이만을 골라 백인들만이 지니고 있는 지식을 배워오도록 하는 것은 그리 힘든 일은 아니라고 생각했다. 이것이 바로 내가 재미라고는 눈곱만큼도 없는 줄루인 루터교회에 잠시나마 몸담게 된 연유이다.

9

지금 내가 처한 곤경, 즉 백인 여성을 강간한 심각한 범죄를 저지른 혐의로 재판을 받고 유죄가 선고된 내 처지를 생각하면 — 끝없는 동어반복의 위험을 무릅쓰고라도 나는 가능하다면 온힘을 다해 내게 씌워진 혐의를 부인하고 싶지만 — 한 가지 언급해둘 만한 가치가 있는 일화가 떠오른다. 소년시절 음짐바에서 있었던 일이다. 이 일화는 내가 루터교 초등학교에 입학하기 전날 아버지가 한 일종의 충고, 아니 충고보다 더 나아간 경고에 관한 것이다. 신기하게도 아버지의 말은 음짐바의 백인 마을에서 일어난 한 백인 가족과의 만남을 통해 대단히 희한한 사건으로 이어졌으며, 이 사건은 미숙하고 여린 내 마음에 깊은 인상을 남겼다.

돌이켜보면 그다지 심각한 사건도 아니었다. 그러나 부모를 따라나선 두 백인 소녀 중 하나가 취한 태도와 그 모습을 지켜보던 줄루인 구경꾼들의 태도는 이 사건을 특별한 종류의 '만남'으로 만들었으며, 내게 상징적 의미를 지닌 체험으로 남게 했다. 내가 음짐바로 떠나기 하루 전에 아버지께서 해주신 말씀의 내용을 반추해보면 더욱 그렇다. "아들아, 백인 여자는 결코 탐하지 마라." 아버지는 딩간(네덜란드계 백인인 보어인과의 전쟁을 이끈 줄루의 왕―옮긴이)의 참모가 짠 계략에 빠져 보어군이 줄루군에게 포위를 당했던 언덕배기 아래 옛 전쟁터를 굽어보면서 또박또박 말씀하셨다. "연지를 바른 입술과 부드럽고 빛나는 피부를 지닌 백인 여자는 우리 줄루 사내들을 파멸로 이끌 미끼이다. 우리의 길은 백인들의 길과 다르다. 그들의 말도 우리의 말과 다르다. 백인들은 뱀장어처럼 부드럽지만 상어처럼 우리를 집어삼킬 것이다."

나는 아버지의 말에 아무런 대꾸도 하지 않았다. 나는 아버지가 왜 그런 태도로 이야기하는지 이해할 수 없었다. 그때까지만 해도 나는 백인 여자가 나를 유혹하는 형식으로 다가오리라고는 꿈에도 생각하지 못했다. 그러나 아버지는 그 어느때보다 심각해 보였다. "내일 네 어머니가 너를 데리고 음짐바에 있는 백인 상점에 갈 것이다." 아버지는 나를 바로 쳐다보지 않은 채로 말했다. "네 몸을 백인 선교사들에게 맡길 준비를 하는 셈이지. 백인 선교사들은 네 머리를 온갖 잡동사니 관념들로 채울 것이다. 그중에는 네 종족을 음해하는 거짓도 있을 것이다. 선교사들이 운영하는 학교에서 나오는 소리치고 좋은 소리를 나는 단 한번도 들어본 적이 없다. 언젠가 선교사들이 데리고 온 자들을 보았는데, 그자들은 흑인도 아니고 백인도 아니었다. 우리 동족임에도 그자들은 우리를 깔보고 멸시했다. 나는 그런 자들이 음짐바의 관청에 한 자리씩 꿰차고 앉아 있는 것을 내 눈으로 똑똑히 보았다. 담배를 꼬나문 채 입 한쪽을 일그러뜨리고 말하면서 상대의 얼굴에 연기를 뿜어대는 젊은 것들이 바로 그자들이다. 그러고도 그자들은 배운 체를 해댄다. 어떤 자들은 외국에 나가 백인 여자들과 결혼까지 했다고 들었다. 어떻게 이런 일이 있을 수 있느냐? 우리의 길은 백인들의 길과 다르다. 그들의 말도 우리의 말과 다르다!"

처음으로 아버지는 몸을 돌려 나를 빤히 바라보았다. "네 어머니가 말하더구나. 네게 백인들의 지혜를 들이마실 기회를 주고 싶다고. 백인들이 나타나기 전에도 우리에게는 우리의 지혜가 있었음을 잊지 마라." 그날 아침 나는 오파테 언덕 마루에 서서 두 개의 산등성이 사이로 난 좁은 협곡과 그 너머에 있는 평야를 바라보았다. 그간 숱한 피를 흘렸고 앞으로도 분명 그러할 그 평야는 맑고 푸른 하늘 아래 너무도 고요해서 그 피비린내나는 역사를 부정하는 듯했다. 나는 왠지 모를 공포감에 사로잡혔다. 아버지의 떨리는 음성에는 염려와 예지가 가득 녹아 있었다. 마치 신탁의 언어로 말하는 것 같았다. 음짐바에서도 나는 그 말을 떠올렸지만, 그 의미는 너무 혼란스럽고 불분명했다. 그러나 그 저주의 언어만큼은 치가 떨릴 만큼 선명했다.

그날 음짐바에는 물건을 사고파는 사람들의 와자지껄한 소리와 더반이라는 대도시에서 막 들여온 생필품을 사려는 부녀자들의 악다구니, 그리고 장신구와 온갖 싸구려 방물을 뺏고 빼앗는 젊은 처자들과 그 구애자들의 함성이 넘쳐흘렀다. 사람들의 물결은 마치 치약통 속의 치약처럼 가게를 들락날락거렸다. 이런 소란의 틈바구니에서 어머니와 나는 아메드 살로제라는 늙은 인도인 상인에게서 루터교 초등학교에 입학하는 신입생에게 필요한 물건을 샀다. 옷가지와 줄이 그어진 연습장, 장마다 현란한 삽화가 있는 영어-줄루어 입문서 등이었다. 나는 이것들을 무척 탐닉했다. 내게 필요한 물건뿐 아니라 음짐바에 나갈 때마다 사는 생필품까지 모두 산 어머니와 나는 주섬주섬 물건을 챙긴 후 서로 밀고 당기며 땀을 삐질삐질 흘리는 군중을 뚫고 나갔다. 우리가 가게 베란다의 맨 꼭대기에 당도할 무렵 군중 속에서 갑작스러운 소란이 일더니 누군가가 단음절로 외치는 함성이 터졌다. "아벨룽구!"(줄루어로 '백인들'이라는 뜻—옮긴이) 그 소리는 마치 단말마의 경고음 같았다. 나는 계단 맨 위에 앉아 난생처음 중년의 백인 남자와 그의 아내 그리고 두 딸이 우스꽝스럽게 군중과 조금 떨어져 있는 것을 보았다. 그들은 이제 막 폐차 직전의 포드에서 내려 일렬로 가게의 베란다 계단을 오르는 중이었다. 남자가 조금 앞서 걸었고, 부인과 두 딸은 뒤에 떨어져 걷고 있었다. 남자는 너무 오래 입어 색이 하얗게 바랜, 몸에 딱 붙는 개버딘 양복과

각진 하얀 밀짚모자 때문에 땀을 흘리고 있었고, 자주색과 하얀색이 섞인 꽃무늬 치마를 입은 부인은 양쪽 겨드랑이 밑이 둥그렇게 땀에 젖고 얼굴이 붉게 달아올라 더욱 더워 보였다. 하지만 그들 뒤에서 걷는 두 딸들, 특히 흰색과 오렌지색이 섞인 치마를 입은 큰딸은 오이처럼 차가워 보였다. 얇은 장갑을 낀 그녀의 부드럽고 섬세한 두 손은 어린 동물들처럼 우아하게 뒤에서 나부끼고 있었다. 부부는 가파른 나무계단을 서서히, 그러나 다소 긴장한 걸음으로 걸어올라왔다. 말없이 자신들을 바라보는 줄루인 구경꾼들을 의식하기라도 하는 듯 얼굴에는 다소 어색한 미소를 띠고 있었다. 그러나 두 딸은 이른 아침의 깨끗하고 뽀송뽀송한 빨래처럼 냉담했다. 계단 꼭대기에 오르자 이들은 잠시 숨을 고르더니 사람들이 흩어지기를 기다렸다. 내 어머니는 약간 앞쪽에 있었는데, 순간 사람들이 백인들에게 길을 내주기 위해 뒤로 물러나며 어머니를 밀쳤다. 동시에 몰려 있던 인파가 두 무리로 갈라졌다. 그중 한 무리에 휩쓸린 나는 잠시 어머니와 서로 다른 무리에 섞여 있어야 했다. 그러나 사람들의 호기심은 사그라질 줄 몰랐고, 어느새 내 뒤에 있던 사람들이 힘센 강물처럼 앞으로 밀려들었다. 그 때문에 나는 다시 한번 새로운 파도의 맨 앞에 서게 되었다. 순간 나는 내가 백인 남자와 가장 앞자리에서 대면하고 있음을 깨달았다. 그는 자신과 가족들 때문에 벌어진 작은 소동에 다소 놀란 듯한 표정이었다. 물론 진짜 놀라서 그런 것은 아니다. 그는 백인의 힘을, 백인이라면 누구에게나 있는 그 힘을 잘 알고 있기 때문이다. 그는 그 힘을 어떻게 사용해야 하는지도 잘 알고 있을 것이었다. 그가 보기에 우리는 그저 오합지졸일 뿐이다. 그가 손을 들기만 하면 흩어질 수밖에 없는 자들이다. 나를 비롯해 빽빽이 모여 있던 군중이 놀란 새떼처럼 흩어지기 직전에, 단 몇초간이긴 하지만, 나는 백인의 눈을 아주 가까이에서 들여다볼 수 있었다. 위험천만한 독사와 마주쳐 도망을 갈 수도, 그 상황을 모면할 수도 없어 얼어붙은 사람처럼 말이다. 나는 그 짧은 순간에 그의 얼굴과 옅은 모래색 머리칼, 그리고 연필로 그린 듯 거뭇한 턱수염과 너무 얇아 입술이 없는 것처럼 보이는 그의 입을 볼 수 있었다. 나를 비롯해 그곳에 모인 군중 모두가 혼비백산하여 달아나기 직전에 나는 그의 모습을 각인해둘 수 있었다.

말했다시피, 나는 완전한 혼란에 사로잡힌 한순간 동안 백인의 눈을 들여다볼 수 있었다. 그런 눈을 본 것은 그때가 처음이었다. 그 눈은 잿빛이고 무심해 보였으며, 어떠한 빛이나 번득임도 없었다. 동공도 없고 촛점도 없는 듯한 눈이었다. 인형에 달린 평평한 단추 같은 눈이었다. 백인 남자가 눈동자를 굴리자 그 눈은 이번에는 전혀 다른 모습이 되었다. 이번에는 구슬 같았다. 사람들을 바라보는 그 남자의 불투명한 구슬 눈은 흡사 장님의 눈 같기도 했다. 눈 밑의 피부는 창백하고 다소 상기되어 있었는데, 피부병을 앓았던 것이 분명했다. 이 모든 것을 관찰하는 데는 그야말로 일이 초밖에 걸리지 않았다. 그리고 나는 당황해서 뒤뚱거리며 뒤로 물러났다. 백인 남자가 사람들에게 그렇게 손짓하며 길을 열라고 요구했기 때문이었다. 그런 다음 그는 분명 무슨 말인가를 했다. 그의 입술이 움직이는 것이 보였다. 그러나 나는 그의 말을 알아들을 수가 없었다. 놀라기도 하고 또 조금 무섭기도 해서 나는 얼른 뒤로 물러났다. 뒤뚱거리다 쓰러지고 다시 일어서기를 반복하면서 길을 내주려고 했지만, 사람들이 악귀처럼 밀치고 고함을 지르며 소란을 떠는 통에 제대로 서 있기조차 어려웠다. 도망칠 길은 매번 그 무엇도 통과할 수 없는 견고한 육체의 벽 앞에서 막히고 말았다. 나는 다시 한번 앞쪽으로 밀렸다. 휘청거리며 앞으로 쓰러져, 부모들 뒤에서 걷고 있는 두 백인 소녀 앞에 두 손과 무릎을 꿇었다. 마치 그녀들 앞에서 회개기도를 하는 듯한 모양이었다. 땀이 솟구치고 가슴이 증기기관처럼 쿵쾅거렸다. 나는 두 소녀의 길을 막지 않아야 한다는 일념으로 정신없이 뒤로 기었다. 이때 첫번째 충격이 찾아왔다. 어머니보다 몇 발짝 뒤에서 걸어오던 두 소녀 중 언니뻘 되는 소녀가 내 코앞까지 왔을 때였다. 그녀는 초조하게 엎드려 있는 나를 보더니 망설이는 듯 주위를 쓱 둘러보았다. 그러나 그녀의 표정에는 조금의 분노도 드러나 있지 않았다. 그녀는 무심히 한 손에 든 모자를 만지작거렸다. 그것이 계산된 행동이었는지는 알 수 없다. 혹 그것은 혹인 군중 한가운데에서 느낀 순간적인 공포에서 빚어진 행동은 아니었을까? 역시 잘 모르겠다. 말로 형언할 수 없는 순간, 그런 순간은 영원과도 같다. 그 소녀가 나를 바라보던 순간이 그랬다. 놀라움과 고민이 가득한 그녀의 파란 눈은 누군가 잘 아는 사람이나 희미하게만 기억하는 사람을 만났을 때 짓는 표정과 흡사했다. 그녀의 얼굴은 부드럽고 가는 갈기 같은 아마색 금발머리에 싸여 있어서 마치 잘 익은 옥수수가 성긴 옥수수 수염에 감싸여 있는 것 같았다. 소녀는 미소를 짓고 있었지만 진짜 미소는 아니었다. 그저 입술을 살짝 비틀고 있을 뿐이었다. 내가 뒷걸음질치기도 전에 소녀는 더이상 나의 비굴한 자세를 지켜보기 힘들다는 듯 나를 일으켜세울 요량으로 장갑 낀 손을 내밀었다. 가녀리지만 단단하고 한없이 **하얀** 그녀의 몸이 냄새를 맡을 수 있을 정도로 가까이 있었다. 그런데 그녀가 갑자기 뜻밖의 행동을 했다. 너무도 이상해서 지금까지도 설명할 재간이 없는 행동이었다. 나를 일으켜세우기 위해 손을 내밀던 그녀가 갑자기 하얀 장갑을 벗고 자그만 맨손으로 내 맨팔목을 잡은 것이다. 갑자기 심장마비라도 일어난 듯 형언할 수 없는 당혹감이 나를 사로잡았다. 뒤로 물러나려 했으나 몸이 말을 듣지 않았다. 대신 부드럽지만 단단하게 내 팔목을 움켜쥔 그녀의 손이 나를 일으켜세우는 것이 느껴졌다. 장갑에서인지 아니면 그녀 자신에게서인지 알 수 없지만 이전에는 결코 맡아본 적이 없는 묘하고 강렬한 향기가 몰려왔다. 장미꽃보다 더 강하고 그 어떤 신선한 꽃다발보다 더 예리한 향기였다. 나는 그녀의 얼굴을 올려다보았다. 못생기지도 예쁘지도 않은 소녀였다. 그러나 얼굴에는 신비롭고 예사롭지 않은, 눈이 멀 것 같은 빛이 반짝이고 있었다. 그녀는 세상에서 가장 부드러운 표정으로 나를 내려다보며 미소를 짓고 있었다.

그녀가 나를 안심시키는 말을 몇마디 던졌을 것이다. 그 말은 이내 사과로 이어졌다. 그녀의 가족이 가난하고 비루한 흑인들이 다니는 시장에 나타나 괜한 소동을 일으킨 것에 대한 미안함의 표시였다. 나는 그녀가 무슨 말을 했는지 잘 모른다. 그녀의 아버지는 앞쪽에서 초조하게 그녀를 기다리고 있었다. 그녀 아버지의 말을 알아들을 수 없었던 것처럼 그녀가 하는 말 역시 내겐 아무런 의미가 없었다. 오로지 그녀의 두 눈과 내 팔을 움켜쥔 그녀의 악력만이 의미가 있을 뿐이었다. 그녀의 두 눈은 우리 둘 사이의 공간을 번쩍이는 푸른 섬광으로 가득 채웠다. 그 빛은 내 핏속에서 형언할 수 없는 혼돈과 함께 한 인간이 다른 인간에게 느낄 수 있는 동정심의 표시에 대한 희미한 깨달음으로 메아리치고 있었다. 그것은 짧은 만남의 순간을 계시의 순간으로 바꾸는 일종의 은총과도 같았다.

주변에 서 있던 줄루인 구경꾼들에게서 벌들의 날갯짓 소리 같은 불만의 소리가 낮게 터져나왔다. 그것은 일종의 저주였다. 사람들은 백인의 흰 피부가 흑인의 검은 피부와 닿은 것에 대한 두려움과 공포로 입을 다물지 못했다. 그렇지만 이 사건의 의미를 제대로 음미하고 새기기도 전에 그 소녀와 그녀의 부모 그리고 여동생은 이미 인도인 상점으로 걸음을 옮기고 있었다.

그들이 상점에서 다시 나올 때까지 기다리고 싶은 생각은 없었다. 잠시 나는 멍하니 고개를 갸웃거리며 계단에 서서 전염병에라도 걸린 양 그 백인 소녀가 만졌던 내 팔목을 감싸고 있었다. 그 병은 기도로도, 그 어떤 기억의 지우개로도, 아버지의 경고는 물론이고 그 무엇으로도 지울 수 없을 것 같았다. 나는 계단을 훌쩍 뛰어내려가 상점 뒷마당에서 나를 기다리던 어머니에게 달려갔다.

내가 죽고 나면 많은 이들이 이 회고록을 읽게 될 것이다. 그러나 그들은 이 일화에 그다지 큰 의미를 부여하지 않고 한 흉악범의 두서없는 회상 정도로 치부할 것이다. 그리하여 내가 궁극적으로 처한 곤경의 본질을 해명하는 데 아무런 도움도 얻지 못할 것이다. 그러나 나는 그 백인 소녀와의 만남이 내게 영원히 지울 수 없는 흔적을 남겼음을 부인할 수가 없다. 그것은 영원히 아물지 않는 심리적 상처다. 때문에 나는 에밀 뒤프레 박사에게 나의 과거를 이야기할 때마다 이번 사건과 관련해 이 일에 대해 언급하기를 주저할 수밖에 없었다. 겉으로 보기에 그다지 의미있는 사건처럼 보이지 않는 그 일에 대해 내가 왜 그다지도 밝히기를 주저했느냐고? 뒤프레는 집요하게 백인 여성을 처음 본 적이 언제인지를 물었다. 그때마다 나는 같은 대답을 해야 했다. 루터교 초등학교에 다닐 때 본 선생님의 부인이 처음이라고. 나는 아직도 그때 그 일을 생생하게 기억하지만, 음짐바 상가에서 만난 백인 소녀에 관한 이야기는 털어놓은 적이 없다. 나는 그 사건을 통째로 억압해온 셈이다. 왜 그랬냐고? 뒤프레에게 이 이야기를 했다가는 새롭고 흥미로운 연구 영역만 제공할 게 뻔했기 때문이다.

10

내가 루터교 초등학교를 다니던 마지막 해 바로 몇달 전에
이상한 소문이 돌기 시작했다. 음짐바의 백인 마을에서 건너
온 소문이었다. 새로운 백인 정착촌 건설을 위해 만짐로페라
는 마을 전체가 80킬로미터 내륙으로 옮겨가야 한다는 것이었
다. 마을 사람들은 처음에 이 소식을 접했을 때 반신반의했다.
그곳은 줄루인들이 누대를 거듭해 선조들을 묻어온 땅이었다.
백인들에게 끝내 정복당하기 전까지 줄루 전사들의 피가 줄루
평원과 계곡의 적토와 섞여 흐르던 곳이었다. 키가 크고 호리
호리하며 매부리코에 초록색 눈을 가진 반투인 관리자가 빼도
박도 못할 정부의 직인이 찍힌 서류 뭉치를 들고 에쇼웨에서
온 다음에야, 소문이 사실이며 상황이 매우 심각하다는 것이

드러났다. 몇몇 사람들은 성급하게 구체적인 계획과 조직도 갖추지 않은 채 저항하자고 목소리를 높였다. 필요하다면 싸우자고도 했다. 그러나 마을 사람들을 강력한 저항군으로 결속시키기에는 시간이 너무 모자랐다.

군인들이 불도저를 몰고 마을로 들어온 날, 사람들은 출입 금지 선 밖에 서서 믿을 수 없다는 표정으로 자신들의 가옥과 외양간이 맥없이 무너지는 모습과 그나마 얼마 없는 물건들이 군용 트럭에 실려가는 모습을 지켜보았다. 몇몇 군인들은 이대로 떠나는 게 흡족하지 않은 듯했다. 아무런 도발이 없었음에도 불구하고, 군인들은 자신들의 오랜 터전이 참담하게 무너지는 모습을 말없이 지켜보던 군중에게 달려들어 무력을 행사했다. 조금이라도 불만을 드러낸 사람들은 매타작을 당하고 공무집행 방해죄로 체포되었다. 뺨을 맞은 이들도 있었다. 얼마 지나지 않아서는 사람들을 놀라게 해서 해산할 목적으로 하늘을 향해 총을 발사하기도 했다. 아버지는 온 가족을 이끌고 음짐바에서 30킬로미터 떨어진 외삼촌네 마을로 피난했다. 우리 가족뿐 아니라 마을 사람들 전체를 정부보호구역으로 내몰려는 그들의 수작에 말려들지 않기 위해서였다. 그러나 내 친척들은 어른이고 아이고 할 것 없이 모두 마을로 돌아가 소총으로 무장한 군인들이 그들의 움막과 외양간을 폐허로 만드는 장면을 지켜보았다.

그로부터 2주가 지나 아버지는 아무런 징후도 없이 갑자기 돌아가셨다. 어머니는 쓰라린 비탄에 빠져 아버지를 죽인 것

은 고령이 아니라 슬픔과 절망이라고 부르짖었다. 아버지의
죽음은 가족 전체의 분열을 가져왔다. 몇몇은 내륙으로 들어
갔고, 어머니를 비롯한 나머지 사람들은 돈을 벌기 위해 더반
과 같은 대도시행을 택했다. 밀짚단처럼 우리를 하나로 묶고
있던 줄이 단박에 끊어졌다. 단 한 방에 모든 것이 무너진 것
이다.

11

나는 뒤프레에게 음짐바에 대한 모든 이야기를 마쳤다. 여느때와 마찬가지로 아주 빠르게, 그러나 때때로 일관성없는 진술을 했다. 그는 대단히 만족스럽다는 듯 과장된 반응을 보였지만, 나는 그가 내 이야기를 듣고 다소 실망했음을 잘 안다. 특별히 그의 전문영역과 관련성이 떨어지거나 진술이 상세하지 않은 대목을 들을 때 그의 실망감은 도드라졌다. 그는 나와 인터뷰를 하는 내내 연구자의 자세로 내게 불리한 정보들을 수집하려 애썼다. 그러나 내가 그에게 준 정보는 거의 아무짝에도 쓸모가 없는 정보들뿐이었다. 그 실망감은 그의 노쇠한 얼굴에 그대로 드러났다. 그의 얼굴은 어느 때보다 피곤해 보였다. 슬픔과 좌절감이 깊이 배어 있었다. 달콤한 뼈다귀를 앞에 두고도 송곳니를 콱 박지 못하는 배고픈 짐승처럼 잔뜩 위축된 표정이었다. 이로 인해 나는 뒤프레에 대해 서글픈 판단을 내리게 되었다. 이 스위스 의사는 나에게 주기적으로 동정심을 표현해왔지만, 궁극적으로는 내가 유죄임을 결코 의심한 적이 없는 사람이다. 그는 내가 매우 위험한 성도착자이므로 체포되어 유죄 판결을 받은 것이 온당하다고 생각한다. 그런 점에서 그는 여느 백인들과 전혀 다르지 않다. 정부와 경찰의 조작과 선정적이고 화려한 신문기사에 세뇌당해 내가 죄없는 백인 여성들을 노리며 활보하는 강박적인 강간범이라고 생각하는 것이다. 나는 그와 강한 인간적 유대감을 쌓아왔다고 믿었다. 그러나 그것이 다른 이들의 관계와 조금도 차이가 없다는 점이 너무도 안타깝다. 증언대에 선 버로니카 슬레이터를 보고 그는 틀림없이 눈부시게 아름답고 매혹적인 여자라고 생각했을 것이다. 하지만 그 때문에 젊은 여자가 잔혹한 운명의 희생양이 되어서는 안된다고 생각했을 것이다. 이것이 바로 뒤프레의 속내이다. 그는 사건의 사실관계에는 의문을 던지지 않았고, 처벌의 형식에만 관심이 있었다. 그는 내가 받을 형벌이 너무 가혹하다고 생각할 것이다. 그러나 그는 내가 지은 죄 역시 잔인하기는 마찬가지라고 판단할 것이다. 그러므로 나는 그가 내게 간청하는 듯한 태도를 보여도 절대로 속지 않는다.

물론, 나의 입장에 반하는 온갖 증언과 나를 비방하고 불신하는 끊임없는 시도가 법정에서 이루어진 결과 나는 유죄 판결을 받고 형이 선고된 상태이며, 공명정대한 재판을 통해 유죄 판결이 내려졌다는 분위기가 조성되어 있기 때문에 뒤프레의 태도를 문제삼는 것이 온당한 일이 아닐 수도 있다. 그렇다고 해도, 그의 태도에는 정말 문제가 없는 것일까? 가령, 왜 그는 소녀의 말만 믿고 내 말은 믿지 않는 걸까? 그 소녀의 피부가 **하얗다**는 것을 빼면 소녀가 지니고 있는 미덕은 대체 뭘까? 하얀 피부는 이 세상에 존재하는 그 어떤 피부보다 말썽과 불행을 야기한 피부가 아닌가? 뒤프레는 내가 자위의 차원에서 진술한 말을 믿기보다는 분명 내 고소인의 말에 경도되어 있다. 그것은 아무리 양보해도 편견에 가깝다. 결론적으로, 나는 그에게 일정한 거리감을 가질 수밖에 없다.

그렇다. 진실은 이것이다. 다른 방도가 없다. 범죄학자 에밀 뒤프레와 그 동료들에게 나는 점증하는 성범죄 기록에 이름을 올린 사회부적응자의 표본일 뿐이다. 내 어린시절의 풍경을 조금만 상기해보아도 쉽게 연상할 수 있는 나의 실제 성격과 내 뿌리와 과거의 의미 그리고 나의 미묘하고 복잡한 감정에 대해서 뒤프레는 비참할 정도로 무지하다. 그럼에도! 그럼에도 불구하고 나는 매일 아침 그의 방문을 학수고대한다. 매일매일 죽음을 향해 피할 수 없이 한 발짝씩 다가가면서, 듣는 일 외에는 아무것도 할 수 없는 어떤 이에게나마 변명의 여지가 없는 거친 고백이라도 쏟아붓고 싶은 욕구가 하루가 다르게 커가고 있기 때문이다. 내가 보기에 뒤프레는 남의 말을 경청할 줄 아는 사람이다. 뒤프레와 나 사이에 서로를 돌아볼 수 있는 잠깐의 정적이 흐른 후, 나는 나의 어린시절이 나 자신에게조차 가짜 태양빛을 받아 반짝이는 전설처럼 비현실적이고 환상적인 것으로 느껴지기 시작했다고 말하며 어린시절 이야기를 마쳤다. "내 어린시절은, 어찌되었건, 내 인생에서 가장 행복한 시간이었습니다."

"그럴 테지." 뒤프레는 동정적으로 반응한다. "그렇다면, 어린시절이 왜 자네에게 특별한 행복을 주었는지 말해줄 수 있겠나?"

"그걸 제대로 설명할 수 있을지 자신이 없군요, 뒤프레 박사님." 나는 자라면서 내가 특별히 행복하다고 생각하지 않았다. 어린아이는 어린시절을 그다지 중요하게 생각하지 않는 것 같다. 나 역시 자랄 때는 분명 그랬다. 사람들은 대개 어린시절을 지루한 성장의 시기로 기억하는 듯하다. 명분도 이유도 없이 무조건 따라야만 하는 규칙과 규범이 수두룩하고, 어른들이 그 규칙과 규범을 무자비하게 강요하는 시기가 어린시절이다. 내 경우는 사실 이런 규칙들이 그리 큰 고통으로 다가오지 않았다. 그렇지만 고백하건대, 행복하건 행복하지 않건 나는 그 어떤 어린시절도 절박하게 원하지 않았다. 나는 그저 빨리 어른이 되고 싶었을 뿐이다. 빨리 성숙한 개인이 되어서 스스로의 힘과 노력으로 자신의 삶과 운명을 결정하는 무한한 기회를 갖고 싶었을 뿐이다. 그 목표를 결국 나는 이루지 못했다. 그렇지만 나는 그 실패마저도 나 자신의 것이기를 바랐다. 내가 실패한 것들 중에는 당연히 영국인 소녀와의 관계도 포함된다. 그녀 역시 실수를 했지만, 나는 그 실수가 순전히 나만의 것이라고 생각한다. 어쨌거나 마음이 시키는 대로 소녀의 뒤를 따라가기로 한 것은 바로 나이기 때문이다. 나는 백인들이 왜 그토록 자신의 여자를 지키는 데 집착하는지 그 성적인 이유를 알고 싶었을 뿐이다. 다른 목적은 없었다. 나는 성적으로 적극적인 백인 여자들에 대해 알고 싶다는 생각을 조금씩 품어가고 있었다.

그 생각은 처음에는 막연한 상상에 가까웠다. 그러나 시간이 지나면서 그것은 주체할 수 없는 열정으로 변해 나를 옥죄어오기 시작했다. 때마침 영국인 소녀가 성적인 농염함을 드러내며 불쑥 나타났을 때, 나는 그녀가 나의 거대하고 압도적인 욕망에 답하기 위해 내 앞에 나타났다고 생각했다. 그날 이후로 내가 그녀와 방갈로에서 화급한 관계를 갖기까지, 나는 어디든 그녀의 뒤를 따라다녔다. 나는 그녀를 항상 예의주시했다. 그리고 기회가 올 때마다 나는 그녀가 다니는 길목을 지켰다. 밤이면 견디기 힘든 저급한 욕망이 불타올라 그녀가 나오는 꿈을 꾸었다. 꿈속에서 나는 그녀의 부드러운 피부와 감미로운 머릿결을 만졌다. 사실 나중에 알게 된 그녀의 피부와 머릿결은 내가 상상했던 것만큼 그리 부드럽지도 감미롭지도 않았지만, 결국 그녀에 대한 내 생각은 병적인 것이 되어가고 있었다. 과연 무한한 기술과 탁월한 분석력을 지닌 뒤프레 같은 사람이라면 내 배경을 샅샅이 들추어 내가 왜 그런 행동을 하게 되었는지 그 실마리를 찾아낼 수 있을까? 왜 그 대상이 그 소녀였는지, 그녀를 그림자처럼 따라붙게 한 욕망의 정체가 무엇인지 밝혀낼 수 있을까? 그리하여 이를 통해 정신이상과 성적 장애라는 특수한 정점으로 귀결되는 내 인격의 결함과 왜곡된 정신구조를 밝혀낼 수 있을까? 배울 만큼 배운 사람으로서 나는 뒤프레의 목적이 무엇인지 안다. 그는 이른바 '사라진 고리'를 찾을 실마리를 얻으려는 것이다. 이를 확인이라도 해주듯, 뒤프레는 갑자기 몸을 앞으로 숙이더니 놀라우리만큼 강한 어조로 말한다. "씨비야 군, 내가 경험한 바에 따르면 이런 유형의 범죄를 저지른 사람들은 대부분 문제가 있고 불행한 어린시절을 보냈네."

"제 어린시절에는 문제가 없었다니까요, 뒤프레 박사님."

"모든 면에서 그런가? 어떻게 그걸 확신할 수 있는가?"

"제 어린시절은 어느 모로 보나 지극히 정상적이었습니다."

아침나절부터 대화를 시작한 이래 처음으로 뒤프레의 얼굴에 분노가 어린다. 입술 끝이 샐쭉 들어지고 얼굴 한쪽의 경련이 도드라져 보인다. 그는 잠시 안경을 벗어 안경알을 닦았다.

"이보게, 실례를 무릅쓰고 이야기하겠네만, 사실 완벽하게 정상적인 어린시절을 보낸 사람은 아무도 없네. 이 점에 대해서는 확신을 가지고 이야기할 수 있네." 그의 목소리는 건조하지만, 다소 꾸짖는 듯한 그의 말투에는 정신과의사인 그가 사적으로 모욕을 당했다는 느낌이 배어 있다.

나는 계속 강변한다. "아무리 생각해봐도 제 어린시절에 비정상적인 점은 없습니다."

"정말인가?" 뒤프레가 비아냥거리는 투를 감추지 못하고 말을 끊는다. "어쨌든 한번 고민해보게."

"무엇 때문에 그렇게 해야 합니까, 박사님? 전 이제 살날이 얼마 남지 않았다고요. 죽을 날만 손꼽아 기다리는 제가 이제 와서 제 인격에 어떤 장애가 있는지 고민하는 일이 무슨 득이 되겠습니까?"

화제를 곧 다가올 나의 죽음에 관한 것으로 바꾸자 뒤프레는 더더욱 곤혹스러워한다. 내 말에 그의 미간은 초조와 불안으로 어두워지고, 그의 입술은 내적 동요로 굳게 다물어진다. "결국 다시 죽음에 대한 이야기로 돌아가는군." 뒤프레는 한숨을 내쉰다. "사형이라! 교수형이라! 내 말을 너무 고깝게 듣지 말게, 씨비야 군. 난 자네가 지금 얼마나 힘들어하는지 잘 아네. 그렇다 해도 죽음에 대해 자네가 보이는 그 애착은 참으로 이해하기가 어렵네."

"죄송하지만 박사님, 한 유명한 프랑스 시인이 이렇게 말했습니다. '태어나는 것은 곧 죽기 위한 것'이라고 말이죠."

"쓰잘머리 없는 프랑스 시인 같으니라고!" 뒤프레는 마침내 폭발한다. "이보게, 난 자네 같은 사람이 어째서 고띠에처럼 퇴폐적인 프랑스 시인의 작품을 읽는 데 금쪽같은 시간을 허비하는지 알 수가 없네. 자네가 그렇게 확신을 가지고 내게 반복해서 말하는 그 정서란 실은 죽음과 소멸을 향해 달려가는 인종인 유럽인 시인이 내뱉은 말에 지나지 않네. 다행스러운 건 자네들의 문명은 가장 화려한 아침을 맞고 있다는 것이네. 그것은 꽃처럼 화사할 뿐만 아니라 강렬하고 순수한 불꽃과도 같아서 지금 우리가 유럽에서 목격하는 살인과 도착 등으로 얼룩져 있지 않지." 다다 아민(학살과 폭정으로 유명한 우간다의 독재자—옮긴이)이 이 말을 들었다면 무척 좋아했을 것이다. "자네들의 문명은 열정과 지성으로 무장한 길고 즐거운 투쟁의 출발선상에 서 있는 셈이지. 그러니 그 어떤 민족보다 자네들은 낙관적일 필요가 있네, 씨비야 군!"

낙관적이라고? 대체 무엇에 대해 낙관적이란 말인가? '내 죽음은 어떻게 하고요!' 나는 이렇게 소리치고 싶었다. 그때 나는 초조하고 신중하게 내 눈을 응시하고 있는 뒤프레의 눈과 마주쳤다. 나는 이 부지런한 방문객에게 고통과 불편함을 안기는 죽음이라는 주제에 대해 더이상 이야기하지 않기로 결심했다. 한편, 씁쓸하지만 이런 생각도 떠올랐다. 유럽인들은 불행에 관해 논할 때조차 우월한 형식의 비애를 드러내는구나. 한때는 우리로서는 도저히 맞설 수 없는 그들의 미덕과 지성에 관해 논하면서, 그리고 이제는 우리와는 다른 그들만의 정신사적 위기의 본질에 관해 논하면서. 대체로 누구나 동의하는 바이지만, 그들의 형식은 지금껏 인류에게 알려진 그 어떤 것보다 더 위대한 투쟁의 산물이다. 그들이 비록 지금 급속히 악화되어가는 질병 때문에 죽어간다 해도, 그들은 우리가 그들이 느끼는 고통의 깊이를 정확히 이해하지 못한다는 사실 하나만으로도 깊이 만족할 것이다. 그것을 오만함이라고 불러도 좋을 것이다. 하지만 나는 이 훌륭한 의사가 불친절하다고 말하려는 게 아니다. 대단히 진지하고 참을성이 많으며 초지일관 침착한 이 사내의 태도에는 예사롭지 않은 무언가가 있다.

"그러니 씨비야 군, 자네의 상황이 아무리 절박하다 해도 우리는 죽음이 아니라 결코 멈추지 않는 삶의 흐름 속에서 자네가 맡고 있는 어떤 역할에 대해 이야기를 해야 하는 것일세." 뒤프레는 조용한 목소리로 말한다.

나는 이와같은 웅변을 절대 거부할 수가 없다. 현재 내가 처한 처지 때문에 "결코 멈추지 않는 삶의 흐름"이라는 말을 들었을 때는 묘한 이질감을 느끼기도 했지만, 인간 실존의 영원한 법칙과 억누를 수 없는 인간의 항구적 재생산 등과 같은 근본원리에 대한 호소는 나의 저항을 누그러뜨리기에 충분했다.

이따금 순간적으로 의심이 드는 때도 있지만, 우리 아프리카인이 어떻게 되어야 하는가에 대한 뒤프레의 신념은 확고하다. 이러한 끈기와 완고한 고집이 하나의 문명을 세우고 강력한 제국을 건설했다고 나는 믿는다. 그럼에도 불구하고, 고백건대, 그런 열정의 대상이 되는 일은 무척이나 피곤한 일이다.

고무적인 것은 뒤프레가 존경받을 만한 태도를 지니고 있다는 점이다. 그는 시종 진지하고 참을성이 많으며 깍듯하다. 슬퍼 보이는 그의 올빼미 같은 눈은 무테안경 뒤에서 반짝거리고, 부드러운 입술과 퀭한 광대뼈는 일체의 감각을 버리고 오로지 삶에 대한 사색과 명상에만 빠져 있는 듯한 분위기를 풍긴다.

뒤프레에게서는 과묵한 고집과 완고한 지성이 배어난다. 그 스스로 이미 여러차례 밝힌 바 있듯이, 그는 '문명 세계' 전체의 상상력을 사로잡은 '아프리카인 강간범'의 완벽한 초상을 그려내는 일을 사명으로 삼고 있고, 그 일을 쉽게 포기할 사람이 아니다. 그는 엄격하게 가설을 세우고 적용하며 사실을 추구하는 일에 결코 지칠 줄 모르는, 그야말로 완벽한 학자의 전형이다.

"뒤프레 박사님," 나는 말한다. "저는 박사님이 하고자 하는 일에 진정으로 경의를 표합니다. 장기적인 관점에서 볼 때 저의 사례가 이즈음 주목받고 있는 인간 행동과학 연구를 풍성하게 할 것이라는 점에도 동의합니다. 다만 제가 저 자신에 대해서 이야기하는 것이 익숙지 않다고 말씀드린 것만은 박사님께서 사실이라고 믿어주셨으면 합니다. 사실 저는 부끄러움을 많이 타는 사람입니다."

"자네가? 부끄러움을 많이 탄다고?" 뒤프레는 믿을 수 없다는 듯이 미소를 지어 보였다. "씨비야 군, 자네의 주장에 제동을 걸어 미안하네. 하지만 자네의 지난 행적을 보면 자네가 부끄러움을 많이 타고 내성적인 성격의 소유자라는 점을 믿기가 쉽지 않네. 법정에서 나온 증거들을 잠시 생각해보게. 자네는 며칠 또는 몇주 동안 그녀가 지나갈 만한 모든 곳을 따라다녔네. 이 여자와 관계된 일이라면 자네는 그 어떤 위험도 감수했네. 재삼 언급하고 싶지는 않지만, 법정에서 이런 자네의 행동을 가리켜 그다지 어렵지 않게 표현한 말이 있지. 그 말을 곱씹어보게나. 검사는 '사냥개처럼'이라는 말을 썼네. 자네가 그 가련한 소녀를 '사냥개처럼 따라다녔다'고 말이야. 해수욕장에서 자네는 그녀가 일광욕하는 모습을 가장 잘 볼 수 있는 곳에 자리를 잡았네. 결국 자네는 자네 고유의 인종법을 어기고 그녀의 몸에 최대한 가까이 다가갔네. 그런 자네를 나보고 믿으라는 건가? 자네의 치명적 약점이 남들보다 더 많이 부끄러움을 탄다는 점이라는 걸? 씨비야 군, 내 말이 근거없이 꼬투리 잡는 말처럼 들리지 않기를 바라네."

나는 뒤프레의 의도를 알고 있다. 그는 내가 이성을 잃도록 도발하고 있는 것이다. 예기치 않은 순간에 이런 말을 들으면 성급하게 자신을 노출하기 십상이다. 그러나 그 의도를 잘 안다고 해서 이런 원초적인 기습공격을 받고도 화가 나지 않는 것은 아니다. 어떤 질병의 증상을 안다고 해서 그 질병에 걸리지 않는 것은 아니기 때문이다.

"좋아요! 좋다고요!" 나는 인내심을 잃고 그에게 말한다. "그 말이 전적으로 옳은 건 아니에요! 법정에서 전 그 일이 어떻게 해서 벌어지게 되었는지를 열심히 설명하려 애썼습니다. 그런데 사람들은 도무지 제 말을 믿지 않았어요. 몇번을 말해야 아시겠어요? 저를 성적으로 유혹한 건 그 여자였습니다. 다른 일들도 모두 그 여자가 원해서 벌어진 일이었어요. 처음부터 그녀는 저를 원했다고요. 저도 마찬가지였고요. 우리는 서로 한마디 말도 나누지 않았지만, 해수욕장에서의 만남은 재회의 의미를 띠고 있었습니다. 그녀는 날마다 저를 간절하게 기다리고 있었어요. 저 역시 그랬고요. 눈을 보면, 얼굴을 보면 알 수 있었어요. 우리 사이에는 일종의 침묵의 공조가 있었던 셈이죠. 그 사건이 일어난 날도 그랬습니다. 그녀는 제가 문밖에서 어슬렁거리는 것을 보고도 방갈로 문을 열어두고 있었어요. 그뿐인 줄 아세요, 박사님? 옷까지 벗고 있었다고요. 그건 어떻게 설명하실 건가요? 바로 제 눈앞에서, 문은 활짝 열어놓고, 등에 파우더를 바른 걸 빼고는 실오라기 하나 걸치지 않은 채 떡 버티고 서 있었다고요. 이걸 설명하실 수 있겠어요?"

뒤프레는 여느때와 마찬가지로 내 의견에 동의를 표하며 동정의 웃음을 지어 보인다. 그렇지만 그가 내 말을 믿지 않는다는 것은 명백하다. "그렇다면 자네가 더반 시청에서 열린 콘써트까지 그녀를 따라간 일은 어떻게 설명할 텐가? 자네는 몇 날 며칠을 그녀의 방갈로 밖에 누워 밤이고 낮이고 그녀가 오가는 것을 지켜보지 않았나? 어느땐가는 파티가 열리는 어느 집 정문 앞까지 그녀를 따라간 적이 있지. 그 집이 자네가 머물러서는 결코 안되는 백인 구역에 있었음에도 불구하고, 자네는 어떠한 주저함도 없이 그녀를 문앞까지 따라가서는 그 집 담장에 올라 그 안에서 벌어지는 낯 뜨거운 장면들을 훔쳐 보았어."

뒤프레는 만족스러운 듯 내 얼굴을 요리조리 살피며 득의양양한 미소를 짓는다. "자, 자네가 한 짓이 인종법이 엄격한 자네 조국과 같은 나라에 사는 원주민 청년이 정상적으로 할 수 있는 행동이라고 생각하는가?" 평상시와 다름없이 뒤프레는 심문하는 자의 자세로 자신이 들은 것 이상의 이야기를 끄집어내려는 인상을 풍긴다. 그는 생각에 잠긴 듯 연필로 종이뭉치를 두드리고는 목소리를 가다듬는다. 그의 태도에 미묘한 변화가 느껴진다. 이번에야말로 나를 궁지에 몰아넣는 데 성공했다고 느끼는 것 같다.

"제 태도에 집착이 있었다는 것은 인정합니다." 나는 마침내 폭발하고 만다. "저는 그 점을 이미 법정에서 진술한 바 있습니다. 그 점을 부인하지 않는다고요. 문제는 그 누구도 버로니카의 기이한 행동에 대해서는 최소한의 의문도 품지 않았다는 점입니다." 내가 그 소녀의 이름을 입에 담자 뒤프레는 희미한 미소를 짓는다. 나는 그 웃음이 의미하는 바를 정확히 알고 있지만 짐짓 모른 체하며 말한다.

"박사님은 제 말을 믿으셔야 합니다. 제가 공공장소에까지 그녀를 따라갔을 때도, 그녀는 그걸 잘 알고 있었어요. 사실 제가 그렇게 하도록 그녀가 부추긴 면도 있어요. 누구도 이 말을 믿지 않으리라는 걸 잘 압니다. 그러나 분명 그녀는 우리가 해수욕장에서 침묵의 조우를 한 이래로 제가 누구인지 명확히 알고 있었어요. 저는 이 점을 추호도 의심하지 않습니다. 몇번 그녀와 직접 마주쳤을 때마다, 저는 이상하게도 그녀가 저를 알아보고 미소를 짓는다는 느낌을 받기도 했습니다.

좀더 그럴듯하게 설명하고 싶은데 잘 안되네요. 파티 장소에서도 마찬가지였습니다. 파티에 참석한 모든 이들이, 어떤 변태적인 동기 때문인지는 잘 모르겠지만, 지나가는 사람들이 집 안에서 어떤 해괴한 짓거리가 벌어지고 있는지 한눈에 알아볼 수 있도록 일부러 커튼을 활짝 열어놓은 것 같았습니다. 그곳에서 그녀의 얼굴이 제 시야를 가로질러갈 때마다, 또 그녀가 누군가를 껴안고 있는 모습이 얼핏 스칠 때마다, 저는 그녀가 제 시선을 의식하고 있음을 분명히 느꼈습니다. 그녀는 집 밖 어디선가 말없이, 돌처럼 굳은 모습으로, 홀린 것처럼 제가 습관적으로 자신을 바라보고 있음을, 담장 너머 어디선가 안절부절못하고 자신을 바라보고 있음을 분명히 알고 있는 듯했습니다. 그녀는 여러차례 창 쪽으로 몸을 돌려 잠시 동안 실오라기 하나 걸치지 않은 육체를 완벽하게 드러내고는 알 듯 말 듯한 미소를 지어 보였죠. 그녀는 마치 어딘가에 자신을 혼란스럽게 할 정도로, 아니 어쩌면 자신을 파멸로 이끌 정도로 자신을 욕망하는 '원주민'이 있지 않고는 단 하루도 살 수 없는 사람처럼 보였습니다. 그녀를 가지려는 불가능한 욕망에 이끌려 언제라도 국가와 운명에 맞서 아둔한 싸움을 벌이고, 심지어는 목숨마저 초개와 같이 버릴 준비가 되어 있는 흑인 원주민 말입니다. 버로니카는 자신을 향한 제 욕망을 보면서 자신의 사회적 힘을, 또 자신의 성적인 힘을 느꼈을지 모릅니다. 타인으로 하여금 자신을 향해 꺼지지 않는 욕망을 피워내도록 하는 능력을 지녔음을 발견한 버로니카는 자신이 이 작고 부패한 세계 속에서 그 누구도 거부할 수 없는 무한한 존재의 필연성을 가지고 있음을 확인했을지도 모릅니다. 이런 측면에서 보자면, 그 소녀와 저는 서로가 서로를 닮은 것입니다. 우리 서로는 상대의 그 빈 존재에 집착했던 것입니다. 감히 말씀드리자면, 그녀가 저에게 마약 같은 존재였듯, 저 역시 그녀에게 마찬가지 존재였습니다. 그녀에게 저는 자신의 성과 인종이 지닌 힘을 비추어주는 완벽한 거울이었던 것입니다."

"훌륭해!" 뒤프레는 박수를 치며 탄성을 지른다. 그의 쌜쭉한 얼굴에 환희의 빛이 돈다. "자네가 이토록 놀라운 설득력의 소유자인 걸 미처 몰랐네. 기회를 주니까 자신의 성적인 동기에 대해 이토록 놀라운 분석을 내놓는구먼!" 뒤프레가 이렇게 즐거워하면서 기대치 않은 농을 던지는 장면은 그리 흔한 것이 아니다. 뒤프레는 거의 항상 의자 깊숙이 기대앉아 반짝이는 무테안경 너머로 시종 진지하고 침착한 표정을 관철한다. 둥그런 그의 민머리는 어린아이의 엉덩이처럼 매끈매끈하다. 그는 무언가를 주의 깊게 들을 때에도 무릎 위의 빈 공책에 무언가를 끼적거리는 일을 멈추지 않는다. 그의 눈은 항상 졸린 듯하지만 사려 깊고 민활하다. 그의 얼굴은 몽유병 환자처럼 항시 피곤해 보이지만, 조롱과 의심과 솔직한 호기심이 가득 서려 있어 언제라도 뭔가 치명적인 증언이 새어나오기를 기다리고 있는 듯하다. 나는 그의 이러한 태도가 끝내 못마땅하다. 한 인간이 다른 인간에 대해 품는 열정의 진실이 무엇인지를 밝히려 애쓰기보다는 자신의 가설을 증명하는 데 더 많은 관심을 쏟는 사회과학자의 무심한 객관성보다 더 공격적인 것은 내게 없기 때문이다.

"그렇군요. 박사님은 저를 믿지 않으시는군요?" 나는 화가 나서 묻는다.

"자네를 믿지 않는 건 법정일세." 뒤프레가 받아친다.

내가 수감된 방 밖에서 아프리카인 죄수들이 크고 반항적인 목소리로 부르는 자유의 노래가 들려온다. 「인도드」(투쟁하는 흑인을 칭송하는 노래 — 옮긴이) 「엠냐마」(흑인의 힘과 저항과 자신감을 칭송하는 노래 — 옮긴이) 「우—포르스테르」(남아공의 악명 높은 정치가 포르스테르를 비판하는 노래 — 옮긴이) 그리고 「티나 씨즈웨」('우리는 국가다'라는 뜻의 노래 — 옮긴이)라는 노래이다. 뒤프레 역시 그 노래를 듣고 있다. 노래를 듣고 있는 사이, 갑자기 누군가 급하게 달려가는 소리가 들린다. 연이어 뺨을 때리는 소리와 욕설이 이어진다. 누군가 감방 문에 심하게 부딪히는 소리가 나더니 애절하면서도 반항기 어린 목소리가 들린다. 아프리카인의 목소리이다. "나리! 말씀드리겠습니다!"

"저리 꺼져, 이 창녀 새끼야!"

"제발 제 말 좀 들어보세요, 나리, 전 아니라고요!"

"거짓말쟁이 새끼, 네놈 똥이나 핥아먹어라! 알았냐?" 주먹질이 이어진다. 무기력한 육체에 닿는 육중한 주먹의 울림과 콘크리트 벽에 부딪혀 뼈가 으스러지는 소리가 들린다. 이런 구타는 매일, 매주 쉬지 않고 이어진다. 사람들의 비명과 천둥 같은 주먹 소리, 그리고 가죽 채찍의 노랫소리를 듣고 싶지 않아 귀를 막아보지만 아무 소용이 없다. 매질이 끝나고 모든 감방 문에 빗장이 걸리고 나서야 평화가 찾아든다. 그리고 잠시 후 한치의 오차도 없는 목소리들이 처음에는 허밍으로 음을 맞추기 시작해 소리의 바다를 향해 물길을 열어간다. 목소리들이 노래를 부르기 시작하면, 노래는 이 방 저 방으로 이어져 끝내 온 감옥을 수백 수천의 수감자들이 부르는 아름다운 메아리로 수놓는다. "들어라, 포르스테르 박사여! 온 나라가 그대를 밟고 일어서리라!" 노래는 점점 더 크게 울려퍼진다. "트왈, 음트왈로, 씨고두께!"

자유의 노래가 울려퍼질 때는 그 누구도 움직이거나 떠들지 않는다. 심지어는 온 세상이 이 보편적인 자유의 노래를 숨죽여 듣고 있는 양, 바람조차 잠잠하다. 노래 가사를 이해하는 사람들만이 하나둘씩 동참하기 시작하고, 자유를 희구하는 무언의 소망으로 하나된 목소리가 이내 온 감옥의 벽을 흔들고 진동하기에 이른다.

12

이러한 소란이 진행되는 와중에 누군가 감방 문을 급하게 여는 소리가 들렸다. 육중한 강철 빗장이 한쪽으로 밀리고, 거대한 철문이 끼이익 마찰음을 내며 천천히 뒤로 밀려났다. 누군가 감방 안으로 발을 들여놓기도 전에 너무나 날카롭고 눈부신 빛줄기가 잿빛 감방 안으로 먼저 쏟아져들어왔고, 나와 뒤프레는 그 무한한 백색의 천지 속에서 제대로 눈을 뜰 수가 없었다. 나는 그 강한 빛줄기 속에서 담장 바깥 세계의 흔적을 얼핏 보았다. 잔인할 정도로 파란 하늘을 배경으로 선명하게 서 있는 집과 나무와 자연풍경 들을 보았다. 연기를 내며 타는 듯한 아린 나무 냄새와 10월 중순의 태양 아래서 타오르는 듯한 집들의 냄새도 맡았다. 그러나 무엇보다 반가운 것은, 바깥 공기는 약간 축축하고 상한 듯한 감옥 공기보다 한결 신선하다는 것이었다. 그뿐 아니라 소리도 들을 수 있었다. 하루 일을 완수하느라 이리저리 근육을 바쁘게 놀리고 있는 도시의 끝없는 소음이 멀리서 아련히 들려왔다.

그러나 내가 열린 문틈으로 쏟아져들어오는 파란 하늘 한 조각을 잠시 응시하는 사이, 장대처럼 키가 큰 교도소장 반 로엔이 촛점이 흔들린 사진의 주인공처럼 큰 몸집으로 느닷없이 입구를 막아섰다. 나는 그의 갑작스러운 출현에 흠칫 놀랐다. 마치 바닷가에서 영국 소녀의 갑작스러운 출현에 놀란 것처럼 말이다. 흰 피부만이 그렇게 빛을 난폭하게 차단할 수 있다. 흰 피부는 햇빛을 흡수하지 못하고 그것을 반사할 수만 있다. 반면에 검은 피부는 빛을 흡수하며, 짙고 화려하고 탱탱하다. 엄밀히 말하면 반 로엔의 피부는 순백색은 아니다. 오히려 불그스름한 갈색에 가깝다. 묵중하고 강력하지만 때로는 교묘하게 사람들을 압박하는 반 로엔은 예의 날카로운 매 같은 눈길로 처음에는 스위스 의사를, 그다음에는 나를 노려보며 우리 주위를 맴돌았다.

"잘돼갑니까, 뒤프레 박사님?" 뒤프레가 일어서려고 했다.

"그렇습니다, 소장님!"

반 로엔은 스위스 의사가 일어나려는 것을 보고 말렸다.

"그냥 앉아 계십시오, 박사님." 소장은 여느때와 마찬가지로 풀을 빳빳이 먹이고 셰필드 강철처럼 윤이 번쩍번쩍 나는 카키색 제복을 입고 있었다. 한 손에 반짝이는 강철로 만든 곤봉을 쥐고 줄곧 다른 손바닥을 툭툭 치고 있었다. 등 뒤에서 쏟아져들어오는 빛 때문에 짧게 잘라 바짝 선 머리카락이 사자 갈기처럼 눈부셔 보였다. 그러나 한줄기 희미한 빛과 촉촉한 회색빛 눈동자 그리고 칫솔 모양의 짧은 콧수염 외에는 그의 얼굴을 볼 수가 없었다. 더반 중앙교도소에서 공포의 대상인 그가 내 쪽을 바라보더니 잘하고 있다는 듯 고개를 끄덕거렸다.

"계속하십시오, 뒤프레 박사님. 계속하십시오. 이 친구가 박사님께 모든 것을 털어놓을 때까지 계속하십시오. 이런 친구들의 이야기를 들으면 깜짝 놀랄 일이 참 많을 겁니다." 그는 호의적인 태도로 나를 보는 듯하더니 이내 반농담조로 말했다. "이 친구의 기억을 촉진하는 데 브랜디 한잔이 도움이 된다면 언제든지 말씀하십시오, 뒤프레 박사님. 교도소 규칙을 어겨서라도 한 병 보내드리겠습니다."

나는 왠지 모르게 깜짝 놀라며 뒤프레가 그 제안을 즉각 거절할 것이라고 잠시 생각했다. 그러나 땀에 젖은 그의 얼굴을 간청하듯 슬쩍 바라보자, 박사는 곧 희미하게 감사의 미소를 지었다. 그는 바보는 아니었던 것이다. 그는 내 얼굴에서 절망의 기도를 본 것이 분명했다. 그는 얼른 소장의 제안을 받아들였다. "고맙습니다, 소장님. 한두 잔 정도면 긴장을 푸는 데 도움이 될 것 같군요."

"좋습니다." 반 로엔은 고개를 끄덕거렸다. "곧 지시를 내리겠습니다. 브랜디 한 병과 잔 두 개. 어떤가, 씨비야 군?" 그는 이번에는 아예 웃음까지 지어 보이려 했지만, 그 결과는 여느때와 마찬가지로 당황스럽기만 할 뿐이었다.

"고맙습니다, 나리!"

더반 중앙교도소에 입소한 이후로 나는 단 한번도 그가 미소를 짓는 모습을 본 적이 없다. 단 한번 그가 웃는 소리를 들은 적이 있는데, 그 새된 웃음소리는 마치 우울한 하이에나가 비명을 지르는 것 같았다. 언젠가 교도소 왼편에 붙어 있는 그의 간소한 사무실에 불려가 그 방을 닦고 청소하라는 명령을 받은 적이 있었다. 내가 임무에 열중하고 있는 사이에도 그는 수없이 방을 오르락내리락거리며 일을 방해했다. 그때 얼굴이 하얗게 질린 한 소년이 사무실 문을 박차고 들어왔다. "소장님!" 그는 숨을 헐떡거렸다. "무슨 일인가, 모리에?" 반 로엔이 언짢은 듯 대꾸했다. "큰일났습니다!"

반 로엔은 눈을 치켜뜨며 물었다. "큰일이라니? 도대체 무슨 말을 하는 거야? 어서 말해!" 순간 나는 한줄기 섬광이 소장의 얼굴을 스치는 것을 보았다. "내 아내 얘긴가?" 그는 거의 흥분한 듯 그렇게 물었다. "내 아내 얘기지, 맞지!" 소년은 고개를 끄덕였다. 그 백인 소년은 금방이라도 울음을 터뜨릴 것 같았다. "오늘 아침 소장님께서 나가시고 얼마 되지 않아서 부인께서 입고 계시던 실내복 벨트에 목을 매 목욕탕에 매달려 있는 것을 흑인 가정부가 발견했습니다. 가정부 말에 따르면 부인께서는 마치 태어날 때처럼 옷을 하나도 안 입고 계셨다고 합니다." 순간 사무실에는 무시무시한 정적이 감돌았다.

나는 가능하면 내 존재감을 최소화하려고 애썼다. 충격이 너무 컸는지 소장은 내가 옆에 있다는 사실을 잊은 듯했다. 아니면 아프리카인들이 말하듯, 백인들에게 흑인은 눈과 귀를 가진 인간이 아니라 벽에 붙어 있는 파리 같은 존재인지도 몰랐다. 바로 그 순간, 믿을 수 없는 일이 일어났다. 반 로옌이 큰 소리로 웃기 시작한 것이다. "그 음탕한 창녀 같은 년이 드디어 뒈졌단 말이지!" 그는 포효하고 있었다. 반쯤은 흐느끼고, 반쯤은 꺽꺽거리고 있었다. 엄청나게 큰 그의 손이 의자 상단을 쥐어짜고 있었다. "잘 뒈졌어!" 그는 다시 소리질렀다. "제기랄, 모리에! 이건 축하할 일이야!" 나는 놀랐다. 백인들은 이런 식으로 농을 하는가? 백인 소년이 이러지도 저러지도 못하는 사이에 반 로옌은 작은 브랜디 병과 잔 두 개를 꺼내 꼬냑을 따른 후 그중 한 잔을 황망해하는 소년에게 건넸다. "자, 마시게, 모리에!" 소장은 흥분으로 붉게 달아오른 얼굴로 소년에게 마실 것을 권했다. "이 지상의 가장 위대한 창녀였던 내 아내 케이티를 위하여! 지옥에나 떨어져 썩어문드러지라지!" 그는 잔을 들었지만 마시지는 않았다. 대신 갑작스레 주저앉더니 어린아이처럼 울었다. 나는 최대한 조용히 방을 빠져나왔고, 소년은 소장을 팔에 안고 위로했다. 이것이 내가 처음으로 반 로옌이 웃거나 혹은 운 것을 본 기억이다.

반 로옌은 감방 문을 나서기 전에 스위스 의사를 보며 부드럽게 말했다. "씨비야 저 친구, 괜찮은 친구입니다. 박사님께 최대한 협조할 거라 믿습니다." 곧 형장의 이슬로 사라질 죄수를 칭찬하는 일이 다소 계면쩍었는지 그는 이내 덧붙였다. "백인 여자를 좋아하는 취향을 키우다니, 참 유감입니다. 안 그러면 지금 여기서 교수형을 기다리고 있지 않아도 될 텐데 말입니다. 안 그런가, 씨비야 군?"

"그렇습니다, 나리." 나는 말했다. 사실 맞는 말이다. 영국인 소녀는 결국 나를 파멸로 이끌었다. 감방 문이 다시 닫히자 뒤프레와 나는 소장의 방문 동기를 잠시 생각했다. 곧, 당혹스럽게도 나는 내가 저주받은 한 불쌍한 인간의 진귀한 애견이 되었다는 것을 깨달았다. 간수는 수수께끼 같은 삶을 벗어날 길이 없는 인간이었다. 여러 신문 보도에 따르면 그의 아내는 실패한 가수이자 알코올중독자였으며, 그 외에도 숱한 인격적 결함이 있었다. 반 로옌은 의심할 바 없이 불쾌하고 잔인한 사람이었다. 그러나 그는 내 사건 때문에 외신기자들과 감시관들이 더반 중앙교도소에 새떼처럼 모여들고 신문에 정기적으로 그의 사진과 인터뷰 기사가 실리기 시작하자 갑자기 나에 대한 태도를 미묘하게 바꾸기 시작했다. 인터뷰 기사에서 그는 나에 대해 이런저런 이야기를 하기도 하고, 남아공의 법과 질서 문제에 대한 의견을 장황하게 늘어놓기도 했다. 그는 정치적인 분위기, 특히 남아공에 대한 국제사회의 분별없는 적의에 대해 길게 언급하면서, 이를 바로잡기 위해 자신처럼 헌신적인 사람이 필요하다고도 말했다. 성폭력과 같은 범죄가 국내에서 폭증하고 있는 상황에 대해서도 한마디했다. 그러면서 그는 구체적으로 나를 지목해 백인의 자유주의 교육이 소박하고 순진한 원주민들을 어떻게 황폐화하는지를 드러낸 전형적인 비극의 표본이라고 했다. 백인의 자유주의 교육은 나 같은 원주민이 서구적 생활양식에 대한 흠모뿐만 아니라 백인 여자에 대한 통제할 수 없는 욕망까지도 품게 한다는 것이었다. 나는 그런 인터뷰 중 하나를 누렇게 바랜 『데일리 뉴스』지에서 본 적이 있다. 그는 이렇게 주장했다. 원주민들을 줄곧 지켜본바, 자신들의 종족적 환경을 지키는 이들은 전혀 문제가 없다, 그들의 도덕은 어떤 면에서는 백인들의 도덕보다 더 우수하다, 그러나 어설픈 교육의 결과 그들은 나쁜 방향으로 변하기 시작했으며, 급기야는 자신들이 백인과 동등하다는 생각을 하기에 이르렀다. 그는 백인 여성에 대한 급증하는 성폭력 사건을 예로 들며 결론을 지었다. 반 로옌은 이것이 원주민을 백인과 동등하게 만들려는 백인 자유주의자들의 잘못된 사회의식의 필연적이고 비극적인 결과라고 지적했다. 그는 몇몇 백인 여성들에 대한 경고로 인터뷰를 끝맺었다. 일부 백인 여성들이 부끄럽게도 흑인 하인들 앞에서 도발적인 태도를 취하는 버릇이 있다는 것이었다. 그는 백인들이 상대하는 흑인은 보통의 인간이 아니라 원숭이보다 조금 더 나은 존재일 뿐임을 모두가 명심해야 한다고 했다.

13

서구 교육의 부패한 힘을 믿는 사람은 비단 반 로옌만은 아니었다. 시골에 거주하는 많은 아프리카인도 비슷한 생각을 했다. 나의 아버지가 그 대표적인 사람이었다. 그러나 서구 교육에 대한 이러한 일반적인 불신과 숙명적인 저항에도 불구하고 내 어머니는 그에 대해 검증되지 않은 믿음을 지니고 있었고, 이는 그녀를 뭔가 급진적이고 혁신적인 인물로 도드라져 보이게 했다.

내가 서구의 과학과 학문 속으로 첫 모험을 떠나는 데 필요한 물건들을 구입하기 위해 음짐바의 백인 마을로 어머니와 함께 갔던 날 그녀가 보인 그 생기 넘치는 모습을 기억한다. 도시로 가는 흔들리는 버스 안에서 어머니는 옆자리 승객들과 즐겁게 이야기를 나누었다. 버스가 출발하자마자 이들은 이내 친구가 된 듯했다. 어머니는 그날 아침 무척 많이 웃었다. 얼굴에는 분명 자부심이 가득 빛나고 있었다. 어머니의 우윳빛 치아는 부드럽고 검은 피부와 대조를 이루어 한밤중의 봉홧불처럼 빛났다. 어머니가 웃을 때는 소가죽 치마 위로 한껏 드러난, 날씬한 몸매에 비해 풍만한 젖가슴이 마치 처녀 가슴처럼 위아래로 흔들렸다. 큰 소리로 깔깔거리며 배를 부여잡고 웃을 때는 배나무 가지에 달린 배처럼 탄력있게 튀어올랐다. 오늘날까지도 나는 동네 할머니들이 어머니의 날씬함을 인정하지 않았던 것을 기억한다. 어머니는 당신이 버스 안에서 사람들의 이목을 끌고 있다는 사실을 잘 알았으며 그것을 즐기기까지 했다. 어머니는 젊었고, 그녀의 웃음과 탄식과 일거수일투족은 뭇 남자들에게 도발에 가까운 것이었다. 어머니는 당황스럽게도 자신의 목소리가 닿을 만한 거리에 앉아 있는 모든 이들에게 당신의 자식이 곧 학교에 들어가게 되었다는 사실을 숨기지 않고 털어놓았다. 어머니의 말을 들으니 주변에 학교를 다닌 사람은 아무도 없는 듯했다. 교육이 사람의 인격과 마음을 얼마나 심오하게 바꾸어놓는지는 오로지 추측만 할 수 있을 뿐이었다. 어머니는 아무리 짧은 시간일지라도 책과 만나기만 하면 당신의 자식이 세계를 제 뜻대로 좌지우지하는 마술적 능력과 제의적 권능을 얻을 수 있을 것으로 굳게 믿었다. "여러분, 저기 제 아들의 미래가 보이시죠?" 어머니는 만면에 웃음을 가득 담고 물었다. "음짐바의 백인들처럼 글쓰는 책상 뒤에 앉아 있는 아이의 모습이 보이지 않나요? 연필을 굴리면서 하얀 종이 위에 무언가를 쓰는 모습이 꼭 관공서에서 보는 서기 같지 않나요? 잘난 내 새끼 응디가 이제 곧 연필을 잡을 거라고요. 두고 봐요!" 구슬로 장식한 머리띠를 한 애교 많고 어여쁜 어머니는 팔로 나를 감아 축축하고 따뜻한 겨드랑이 속으로 끌어안은 뒤 머리를 약간 숙이고는 뱀처럼 입속의 혀를 말아올리며 환하게 웃었다. 어머니의 이는 하얬고, 검고 반짝이는 눈동자가 그녀의 매력에 신비로움을 더했다.

나는 어머니의 명백한 어리석음이 부끄러웠다. 그러나 그녀의 아름다움에 현기증이 날 정도로 기쁘기도 했다. 곧 들어갈 학교에 대해 생각하면 치러내야 할 수많은 일 때문에 주눅이 들기도 했다. 그 많은 것을 배워서 어디에 쓸까? 교사가 될까? 의사가, 아니면 서기가 될까? 그것도 아니면 어린시절 학교에 다니던 마을 아이들이 가끔 내게 보여주었던 그런 대단한 책을 쓰는 작가가 될까? 나는 알 수 없었다. 삶의 굽이마다 예기치 못한 풍경이 도사리고 있는 듯했다. 삶의 길모퉁이마다 끝없는 위험과 무한한 가능성이 동시에 잠재되어 있는 듯했다. 나는 승객 중 누군가가 던진 말에 대해서도 대꾸할 확신이 서지 않았다. "여러분도 잘 알지 않습니까? 이런 젊은이들이 백인의 교육을 받으면 어떻게 변하는지 말입니다. 백인들을 따라 '실례합니다'라고 말하는 순간부터 우리를 쓸모없는 소, 돼지처럼 취급해 내다버릴 궁리부터 한다니까요!"

한 여자가 빈정대듯 웃었다. "나도 음짐바에서 도시 여자를 본 적이 있는데요, 학교를 다닌 똑똑한 여잔데, 입술을 빨갛게 칠하고 담배를 피웠어요. 그래서 제가 그 여자에게 물었지요. 너 입에 불나면 어떡할래?"

"그 여자애가 뭐라고 대답했나요?" 어머니가 물었다.

"입 닥쳐요 이교도 아줌마,라고 말하더군요. 그렇게 말했어요. 나를 '이까바'(줄루어로 '이교도'라는 뜻 — 옮긴이)라고 불렀다고요! 두고 보세요, 아주머니 아들도 백인을 따라 '실례합니다'라는 말을 배우고 입 한 귀퉁이로 담배를 꼬나물기 시작하면서부터 아주머니를 '이까바'라고 부를 테니까요."

앞서 말했던 남자가 크게 웃으며 덧붙였다. "아주머니 아들이 아주머니를 이교도라고 부르는 건 괜찮아요. 그렇지만 그 도시 창녀처럼 입술을 빨갛게 칠하는 일만은 하지 않았으면 좋겠네요."

이런 대화는 대단히 비도덕적이었다. 아버지의 경고가 내게 불러일으킨 온갖 잠재적인 공포를 일깨웠기 때문이다. 그리하여 음짐바로 가는 여정과 이후의 모든 준비과정은 나에게 커다란 기쁨이기보다는 깊은 우울과 불길함으로 다가왔다. 그것은 학교에 가는 일이 어쩌면 앞으로 조금씩 전개되기 시작할 비극, 즉 미지의 재앙으로 가는 첫번째 신호일지도 모른다는 불길함이었다. 후일 내게 닥친 일을 생각해보면 이것은 말 그대로 계시에 가까운 것이었으나, 나는 그때까지만 해도 내 운명이 그리 되리라고는 생각하지 못했다. 나는 다소 혼란스럽긴 했지만 이제 막 발걸음을 떼기 시작한 이 길이 미래의 어느 순간 내 가족으로부터, 내 종족으로부터, 나아가 이제껏 나를 지탱해준 내 영혼으로부터 나 자신을 단절시킬 것임을 부족한 경험으로나마 느끼고 있었다. 그리하여 나는 이름만 씨비야 가문의 일원일 뿐 그밖의 모든 면에서 '백인'이 되어갈 터였다. 나의 배다른 형제인 씨포가 언젠가 진지하게 말한 것처럼 말이다. "학교깨나 다녔다는 줄루 친구들을 봐." 그는 콧방귀를 뀌며 말했다. "그들이 걸어다니는 꼬락서니를 보라고. 게처럼 옆으로 걷지 않니? 백인들에게 배운 지식 때문이야. 사람들이 말하길 책을 너무 많이 읽으면 미쳐버린다잖아. 우리 마을에 사는 그 사람처럼 말이야. 왜 있잖아, 노래를 부르기 전이면 점이 가득 찍힌 종이를 한참 들여다보는 사람 말이야."

음짐바로 가는 여정은 내게 일종의 성년식의 시작과 같았다. 나는 온갖 위험과 불확실성으로 가득한 길고 고단한 여행길에 막 들어선 젊은이였다. 이 모험에는 교복이라는 이름의 전투복에 교과서, 작은 칠판, 공책과 연필이라는 무장도 필요했다. 음짐바에 있는 살로제 씨의 가게에는 물건들이 난잡하게 쌓여 있었고, 어머니는 무엇을 사고 무엇을 사지 않을지 재빨리 결정하지 못했다. 줄이 길게 늘어선 그 가게의 계산대 앞에 서서 나는 다시 한번 상황의 중요성과 엄숙함을 깨달았다. 숫자는 몇 안되지만 매우 중요한 의미를 지닌, 학교에 다니는 아이들 계급에 내가 곧 속하리라는 소식을 사람들이 얼마나 진중하게 받아들이고 있는지를 말이다.

그날 아침 승객들의 말마따나 나의 결말은 유쾌하지 않았

다. 삶이 아닌 죽음이었고, 지혜가 아닌 무지였다. 지금 나는
이 죽음의 감옥에 앉아 처형될 날만을 기다리고 있다. 학교에
다니기 시작하고부터 나는 내 모습에 만족할 수 없었다. 굶주
림과 좌절, 자부심과 야심, 이 모든 것이 나를 가시밭길로 이끌
었고, 결국 나는 파멸을 맞고 말았다. 이런 줄루 속담이 있다.
'함바 주바, 보꿀루타 팜빌리!' '계속 날아라 비둘기야, 땅에
내려앉으면 사람들이 깃털을 뽑아버릴 것이다'라는 뜻이다.
말하자면 더반은 내가 깃털을 모조리 뽑혀버린 내 삶의 종착
역이었다.

14

더반은 완전히 다른 세계였다. 거대하고 알 수 없으며 예상 밖의 일들이 벌어지는 곳이었다. 아버지가 돌아가신 후 가족들이 사방천지로 뿔뿔이 흩어지자 음짐바는 마치 먼 나라처럼 느껴졌다. 어머니는 더반과 같은 큰 도시에서 새출발을 하고 싶어했다. 더반은 커다란 화물선과 유람선은 물론 정유공장과 제당공장, 그리고 화려한 식물원 등이 있는 항구도시였다. 인력거와 크고 넓은 길, 이슬람 사원과 어두침침한 슬럼가가 있는 곳이기도 했다.

대도시 더반에 도착하자 어머니는 즉각 실력을 발휘해 카토마노르 지역에 있는 판잣집 하나를 임대했다. 그곳은 도심에서 8킬로미터쯤 떨어진 곳에 위치한, 더럽고 악취가 풀풀 나는 흑인 슬럼가였다. 양철지붕을 다닥다닥 맞댄 판잣집들은 마치 음꿈바네라는 개천을 굽어보는 언덕과 비탈에 위험천만하게 매달린 생명체 같았다. 진녹색의 더러운 음꿈바네 개천은 동남쪽으로 완만한 여행을 시작해 인도양으로 흘러들어갔다. 변변한 쓰레기 처리시설은 물론이고 웬만한 화장실이나 하수시설조차 구비되지 않은 탓에 그 개천은 이미 썩을 대로 썩어빠진 제 가슴에 셀 수 없을 정도로 많은 판잣집에서 흘러나오는 온갖 오물을 끌어담고 흘렀다. 과열된 전열기구처럼 견딜 수 없이 더운 날이나 구멍난 체처럼 비가 퍼붓는 날도 마찬가지였다. 이 지역에 있는 대다수의 판잣집과 다닥다닥 붙은 무허가 건물들은 대개 인도인들의 소유였는데, 가난한 흑인 빈민과 부유한 백인 집단 사이에 어정쩡하게 걸쳐 있는 이들은 백인 거주지역 확장정책 때문에 쫓겨날 처지에 놓여 있었다. 물론 아프리카인들도 마찬가지였다. 이 지역의 서쪽 구역에는 산뜻하게 정비된 테라스를 갖춘 집들이 줄줄이 늘어서 있었는데, 어머니와 내가 세들어 살고 있는 언제 무너질지 모르는 찌그러진 양철 오두막에 비하면 훨씬 견고하고 단단한 집들이었다. 백인 특권층이 이 지역을 탐냈기 때문에, 이곳은 이미 철거를 앞두고 있었다. 흑인 신문인 『일랑가』는 카토 마노르와 같은 슬럼가에 사는 사람들을 수용하기 위해서는 이미 있는 집들을 허무는 것보다 새 집을 더 많이 짓는 것이 온당하다고 힘써 주장했지만, 쇠귀에 경 읽기였다. 음짐바에서 그랬던 것처럼, 이곳에서도 백인들은 원주민 거주자들을 강제로 몰아내고 국토의 가장 아름다운 지역을 차지하려는 계획을 세우고 있었다.

카토 마노르에서 아프리카 여자들은 스코키안이라고 불리는 밀주를 양조해 생계를 유지했다. 종종 술에 다른 성분을 섞어서 더 독하게 만들어 팔기도 했다. 흑인 노동자들은 매일 밤 일이 끝나면 그들이 가장 좋아하는 셔빈(판자촌의 무허가 술집—옮긴이)으로 부리나케 달려와 이 위험하고 파괴적인 밀주를 목마른 듯 마구 들이켰다. 혹자는 그것이 불시에 이루어지는 통행증 검사(아파르트헤이트 시절에는 백인을 제외한 모든 인종이 통행증을 지참하고 다녀야 했으며, 통행증이 없으면 언제라도 체포할 수 있었다—옮긴이)와 지불하지 못한 집세, 그로 인한 법적 문제 같은 참혹한 일들을 잊기 위해서라고 했다. 술자리는 이른 아침까지 이어졌다. 술에 취하면 싸움이 벌어졌고, 어떤 때는 격렬한 싸움이 벌어져 누군가 죽어야 끝나기도 했다. 판잣집과 판잣집 사이에서, 그리고 어두컴컴한 골목에서는 여자들이 부끄러운 줄도 모르고 남자들에게 몸을 팔았다. 남자들은 이들을 선 채로 혹은 벽에 세워놓고 게걸스럽게 취했다.

처음에 어머니는 밀주를 팔라는 다른 여자들의 거듭된 권유를 거절했다. 이 동네를 꽉 잡고 있는 마므람보라는 여자가 첫 번째로 우리가 사는 방 두 개짜리 판잣집을 찾았고, 이후로 다른 여자들의 방문이 줄기차게 이어졌다.

피부가 새까맣고 미간이 매우 넓어 카멜레온처럼 두 눈이 얼굴 뒤편으로 돌아간 듯 보이는 마므람보는 한때는 아주 성공한 무당이었다. 물론 그녀가 대도시에 들어와 살기 오래전의 일이었다. 더반에 와서 그녀는 도시에 사는 아프리카인들은 그녀의 생각과는 다른 내면을 지니고 있음을 깨달았다. 그들은 시골사람들보다 더 의심이 많고 설득하기도 쉽지 않아서 좀체 그녀의 집 문지방을 넘지 않았다. 사업에 실패했을 때는 어떤 약을 써야 하는지, 아픈 딸을 누가 저주하고 있는지, 도대체 누가 자기 집안을 풍비박산 내려고 하는지를 찾아와 물으려 하지 않았다. 그래서 비록 사업에 실패는 했지만 기는 꺾이지 않은 마므람보는 마침내 서빈을 운영하기로 결심했다.

"음짐바에서 왔다고 들었네만?" 마므람보는 그날 아침 자신이 누구인지도 소개하지 않고 아무런 인사치레도 없이 어머니에게 불쑥 말을 꺼냈다. "이곳은 음짐바와 달라, 아는가? 여기는 음두바네라네. 여기선 돈이 떨어지면 끝장이야. 사람들은 가난뱅이는 거들떠보지도 않지. 눈 뜨고 코 베어가는 곳이야. 꿀리(인도계 하층노동자—옮긴이), 카피르, 부스만(아프리칸스어로 '부시먼'을 가리키는 말—옮긴이), 다 똑같아." 그녀는 자신의 발밑에 누런 침을 찍 뱉었다. "모두 한통속이야! 자네를 산 채로 잡아먹을 상어들이지. 자네 지갑에 두 손가락을 넣기만을 호시탐탐 노리는 자들이야!"

어머니는 '카피르'라는 말에 얼굴을 찌푸렸으나 마므람보는 코웃음을 쳤다. "그럼 뭐라고 부를까? 내 말은 사실일세. 아마카풀라('카피르'의 줄루어—옮긴이)!" 그녀는 그 말을 반복했다. "인간 같지 않은 자들이야! 백인들의 식탁에서 떨어진 빵 부스러기를 먹고 사는 놈들이지. 백인들의 등도 긁어주고. 이런 자들을 그럼 뭐라 부를 텐가? 잘 듣게, 충고 한마디 하지. 스스로 할 수 있는 일을 해. 밀주를 파는 일이 여기서는 바로 그런 일이지. 아무리 많은 사람들이 이 일을 해도 공장과 부두에서 일하는 남자들의 갈증을 풀어줄 술은 항상 모자라는 법이니까. 사람들은 고통을 잊기 위해서라면 무엇이든 마시지."

어머니는 내다팔기 위해서 술을 담근다는 말을 들어본 적이 없다고 대꾸했다. 시골에서는 아낙들이 전통주를 정기적으로 담가두고는 환담을 나누기 위해 집을 찾아오는 손님이나 먼 길을 가다 목을 축이기 위해 잠시 들르는 나그네를 대접한다. 분노와 불신이 어머니의 온 얼굴에 드러난 모양이었다. 왜냐하면 마므람보가 순간 어머니에게서 비난의 기색을 읽었는지 재빨리 공격을 감행했기 때문이다. "이곳에선 자네처럼 그렇게 고개를 뻣뻣하게 들고 살 필요가 없어. 과거와는 다르니 말이야. 뭘 기대하나? 여기는 대도시라고. 공짜란 없어. 음두바네는 자네 고향이 아니야. 사람들이 미모사나무 그늘 아래 앉아 하루종일 노닥거리는 그런 곳이 아니란 말이야." 그녀는 코를 한번 킁 풀더니 다시 말을 이었다. "아니면, 대체 뭘 하겠다는 거지? 그럼 묻겠는데, 베레아에서 가정부라도 하겠다는 건가?"

결국 어머니는 베레아에서 가정부 일을 하지는 않았다. 그러나 그녀는 그와 가장 비슷한 일을 했다. 백인들의 빨래를 대신한 것이다. 매주 월요일마다 어머니는 백인들의 집을 돌며 빨래를 수거해 집에 돌아와서는 그것들을 큰 통에 넣고 빨아 앞마당에 널었다. 대여섯 명의 판자촌 아낙들이 지켜보는 가운데 어머니는 드레스와 셔츠, 블라우스와 치마, 그리고 여자들과 남자들의 속옷, 침대보, 아이들의 옷이 들어 있는 빨래통을 비워 좁디좁은 우리집 거실에 깔았다. 우리는 옷들을 하나하나 검사했다. 특별히 여자들의 속옷은 엄청난 호기심을 끌었는데, 백인들 옷에서 나는 특유의 냄새와 이상한 얼룩 때문에 구역질을 느끼기도 했다.

하루는 마므람보가 줄무늬 씰크 속옷 한 벌을 재미삼아 살펴보다가 큰 소리로 웃었다. "원 세상에, 음꿀룬꿀루(줄루의 신을 가리키는 말—옮긴이)! 이런 옷을 입다니 웃기기도 하지! 이런 옷을 입는 여자도 다 있네. 이런 옷을 그자들은 아마딜로지라고 부른다지. 속바지 말이야!" 그녀는 입을 우스꽝스럽게 뒤틀며 킬킬거리고 웃었다. 전통적인 아프리카 여자들은 바지를 입지 않았기 때문에 마므람보와 그녀의 친구들은 이 괴상망측한 물건을 보고 즐거움을 감추지 못했다. 그러나 어머니는 이 일이 즐겁지 않았다. 어머니는 못마땅해하며 마므람보의 손에서 옷을 낚아챘다. "아이가 보고 있다고요!" 어머니는 내가 호기심을 내비치는 것을 보고 의연하게 말했다.

마므람보는 더 큰 소리로 웃었다. "자네 말이 맞네그려. 아이들이 이런 물건을 보면 쓰나? 눈을 저리 돌려라 아가야!" 이 말을 하면서 그녀는 거의 자지러질 듯했다. "저 얼룩 좀 보람!" 마므람보는 얼른 의자에 앉으며 어머니를 바라보았다. 어머니는 비눗물에 팔을 팔꿈치까지 담그고 백인 주인의 옷자락에서 때를 벗겨내고 있었다. 잠시 후에 어머니와 마르람보는 앞방에서 거의 들릴 듯 말 듯한 목소리로 이야기를 주고받았다. 어머니는 여전히 석탄에 달군 인두로 옷을 부지런히 다리고 있었다.

내 어머니 농까녜지는 시골에서 지키던 도덕규범을 포기하지 않고 도시의 온갖 기행에 의연히 맞섰다. 하지만 그것은 그리 오래가지 않았다. 도시는 이내 모든 것을 바꾸어버렸다. 어머니 앞에 있는 모든 것이 빠르게 바뀌었다. 곧 어머니도, 나도 바뀌었다. 가장 먼저 바뀐 것은 어머니의 외관이었다. 도시에 도착하자 어머니는 가죽치마와 구슬장식이라는 전통의상을 버리고 다양한 종류의 값싼 인도풍 옷을 입었고, 처음으로 신어보는 굽 높은 구두에 적응하느라 이리저리 비틀거렸다. 시간이 지나면서 변화는 더욱 깊어졌다. 가장 커다란 변화의 조짐은 어머니가 이곳저곳 돌아다니는 시온교회 전도사의 말을 듣고 기독교로 개종한 일이었다. 잘생기고 수염을 기른 이 전도사는 남의 마음을 꿰뚫어보는 듯한 열정적인 선지자의 눈을 지니고 있었다. 오래지 않아 우리는 토요일과 일요일 밤마다 시온주의자들이 신을 찬양하는 소리와 방언을 하는 소리, 그리고 북 하나가 요란하게 울려퍼지는 소리 한가운데 앉아 있게 되었다.

시온교회의 구성원들은 품이 길고 넉넉한 흰 예복을 입고 그 위에 초록, 파랑, 빨강 끈을 매고 있었는데, 흡사 그림 성경

에 나오는 예수의 제자들 같아 보였다. 이 교회의 남자 구성원
들은 머리와 수염을 길렀는데, 그리스도가 재림하는 날까지
깎지 않아야 한다고 했다. 가벨라는 이 교회에서 엄청난 권위
를 행사했다. 특히 여자 신도들에게는 더욱 그랬다. 그는 뜨겁
고 날카로운 눈을 지닌 매력적인 지도자로, 많은 여성 신도들
이 거부하기 힘든 인물이었다. 뿐만 아니라 그에게는 병을 낫
게 하는 힘도 있었다. 강력하면서도 부드러운 그 큰 손을 여성
신도들의 머리와 어깨에 올려놓는 것만으로 많은 이들의 신경
증을 고쳤다는 소문이 나돌았다. 어떤 이들은 그가 어느 연약
한 여성 신도의 어깨에서 무거운 짐을 내려주십사 하느님께
기도하면서 은밀한 곳을 더듬기도 했다고 말했다.

　다행스럽게도 어머니는 시온교회를 두 해만 다녔다. 가벨라
가 연루된 불미스러운 사건이 발생하자 그길로 더이상 교회를
찾지 않게 된 것이다. 어머니가 떠난 것은 교회만이 아니었다.
처음으로 그녀의 마음속에서 무언가가 빠져나가며 그녀의 성
격을 완전히 바꾸어놓았다. 나는 어머니가 가벨라에게 품은
불만이 정확히 무엇인지 잘 알지 못한다. 그러나 감기에 걸려
미열에 들뜬 어머니의 이마에 손을 얹어주기 위해 가벨라가
우리집을 방문한 날, 어머니가 보인 태도에는 분명 무언가 심
각하게 잘못되어가고 있음을 나타내는 징조가 있었다. 균열이
란 한번 벌어지기 시작하면 걷잡을 수 없는 법이다. 지도자이
자 병을 낫게 해주는 자로서 가벨라의 이력은 얼마 후 종말을
맞았다. 그가 자신을 따르던 양떼를 시온교회의 늑대들에게

떠넘기고 집사의 어린 아내와 갑작스레 줄행랑을 친 것이다. 은행에 들어 있던 헌금을 몽땅 가지고 말이다. 그것이 사람들이 그와 집사의 어린 부인에 대해 들은 마지막 소식이었다. 어머니가 그와 가졌던 만남의 의미가 무엇이었든지 간에 그 사건은 어머니에게 지워지지 않는 충격을 주었고, 그녀의 성격을 크게 변화시켰다. 어머니의 정서적 수업은 이렇게 끝이 났다.

어머니는 이전에 냉소적인 적이 없었다. 발랄한 것을 좋아하지만 지극히 겸손했고, 자신을 보며 흥분하는 남자들의 열정을 재빨리 눈치챘지만, 결코 허투루 남자를 자극하지 않았다. 적극적이고 지혜로우며 낙천적이었지만, 부질없는 도시에서 자신이 유일한 보호자로 있는 씨비야 가문의 명성에 누가 되지 않도록 처신했다. 어머니는 사람들에게 긍지 높은 줄루의 미망인이 어떻게 처신해야 하는지 보여주는 표본이었다. 그러나 갑자기 그녀의 인격과 표정과 영혼이 철저하게 바뀌어버린 것이다. 과거에는 파리떼처럼 그녀의 주변을 어슬렁거리기만 할 뿐 가까이 갈 생각은 엄두도 내지 못하던 사내들조차, 어머니의 놀라운 미모에 속을 부글부글 끓이면서도 어쩔 수 없이 예의를 갖추던 자들조차 어머니의 변화를 즉각 눈치채기 시작했다. 그런 자들이 태도를 바꾸어 제법 친한 척도 하고 거리낌없는 척도 하며, 심지어는 음탕한 짓까지 서슴지 않기에 이른 것이다. 그러나 어머니는 별로 개의치 않는 듯했다. 심지어는 이들의 성적인 희롱에 반응을 보이는 듯도 했다.

어머니의 인격과 더불어 몸도 변했다. 시골에 살 때 어머니는 날씬한 몸매를 유지했다. 그러나 그녀의 몸은 점점 뚱뚱해 지고, 가슴은 더욱 풍만해졌다. 눈은 점점 번득거리고 시도 때 도 없이 활기가 넘쳤다. 아무리 노력해도 더이상 숨길 수 없는 쾌활함이 자연스럽게 넘쳐흘러 수십 개의 지옥을 합쳐놓은 것 보다 더 위험한 불길로 타오르는 듯 보였다. 어머니는 신들린 사람처럼 웃고, 노래하고, 춤을 추었다. 멈추지 않는 생기가 흘 러넘쳐 주위에 있는 남자들의 욕정을 자극했다. 이가 다 드러 나는 환한 웃음과 보조개가 살짝 들어가는 구릿빛 뺨, 그리고 화려한 색상의 치마와 밝은색 두건은 물론, 한때는 무척 맑았 지만 이제는 히스테리에 가까운 것이 되어버린 목소리까지, 모두가 도시 남자들의 세계와 인색한 돈의 세계, 그리고 절망 적인 판자촌의 음모와 그곳의 수많은 자질구레한 싸움들을 정 복하기 위해 어머니가 이용하는 무기의 일부가 되어갔다.

어머니는 오래전에 세탁일을 그만두었다. 그리고 내 학비를 대기 위해서 마침내 마므람보가 권한 대로 셔빈 운영이라는 유혹에 굴복하고 말았다. 음꿈바네의 많은 여자들처럼 어머니 역시 밀주를 파는 여자가 되고 만 것이다. 많은 손님들이 어머 니의 판잣집으로 몰려와 술을 마셨다. 도시에서 온 몸매 좋은 여자들을 보러 오는 손님들도 많았지만, 대개는 어머니의 빛 나는 매력과 보조개가 패는 따뜻한 미소와 현기증이 이는 미 모를 감상하러 오는 사람들이었다.

내게는 이 모든 일이 불만스럽다 못해 슬프기까지 했다. 무 허가 술집을 운영할 수밖에 없는 어머니의 상황을 이해하지 못하는 것은 아니었다. 게다가 나는 어머니의 술집 덕분에 여러가지 혜택을 누릴 수 있었다. 하지만 더이상 그곳이 내 집이라고 느낄 수 없었다. 낮이고 밤이고 시도 때도 없이 사람들이 들락날락하고, 그들이 내는 소음과 주정 소리가 사방에서 들려왔다. 이 모든 일이 내 신경을 거스르기 시작했다. 공부를 하려면 방이 셋 딸린 마므람보의 큰 집으로 피난을 가야 했다. 말은 좀 많지만 친절한 마므람보 할머니는 나를 위해 특별히 방을 하나 마련해두고 있었다.

판잣집 근처 어디서나 사내들이 어머니의 이름을 부르는 소리가 들렸다. "농까네지! 농까네지!" 이미 스코키안에 만취한 사내들은 새로운 댄스밴드의 음악을 버리고 어머니의 뜨거운 입술을 허기진 듯 찾아왔다. 늘 웃고 있는, 언제나 붉게 칠한 입술, 쉽게 뜻을 이루도록 허락하지는 않지만 항상 무언가를 약속하는 듯한 어머니의 그 입술을 간구했다. 그들은 달콤한 냄새를 풍기지만 썩어문드러진 꽃 주위를 윙윙거리는 벌떼 같았다. 이따금 보통 사람들과는 다른 힘있는 남자가 찾아와 어머니와 춤을 추기도 했다. 다른 술꾼들은 이를 보며 좌절의 분노를 삼켜야 했다. 그중 한 사내를 나는 또렷이 기억한다. 몸집이 크고 힘이 세며 눈이 붉게 충혈된 사내였다. 그는 콧수염을 기르고 있었는데, 입을 벌릴 때마다 하얀 이가 번득거렸다. 그는 빅 조라는 이름으로 불렸으며, 니아쌀랜드(말라위의 옛 이름—옮긴이)라는 곳에서 왔다고 했다. 그는 자주 웃었지만, 그 웃음은 내향적이었다. 그는 다른 사람들과 거리를 두고 있었다. 그의 눈은 다른 사람들의 성적인 좌절감을 비웃는 듯했다. 그는 어떤 여자도 집적대는 일이 없는 듯했다. 그저 가만히 앉아 기다릴 뿐이었다. 여자들이 성적으로 유혹해와도 편안하게 웃어넘기기만 할 뿐 어떤 대응도 하지 않았다. 여자들은 그 때문에 안절부절못했다. 그는 예전에 사람을 죽인 적이 있다고 알려져 있었다. 똑똑한 유대인 변호사 덕분에 무죄로 방면되었다고 했다. 후에 그는 항만노동자들의 지도자가 되었다. 그는 늘 모임을 주도했고, 사람들은 그에게 이런저런 자문을 구했다. 그는 여러차례 임금인상과 관련된 노동자들의 파업을 주도했으며 경찰과의 충돌도 마다하지 않았다. 사람들이 빅 조를 우러러보는 것은 확실했다. 하지만 그를 좋아하지는 않았다. 사람들은 그를 무서워하면서도 부러워했다. 어느날 밤, 창고 뒤에 있는 방에서 나는 그 이유를 알아냈다. 어머니에게는 눈길조차 준 적이 없는 것 같았던 그가, 어머니가 아무리 성적으로 노골적인 도발을 해도 내내 무관심으로 일관해 놀라움과 억측을 자아내던 그 사내가 내 어머니 농까네지와 뒤엉켜 있었던 것이다. 어머니의 옷은 마구 흐트러져 한쪽 가슴이 드러나 있었고, 갈색 어깨는 어슴푸레한 불빛 아래 잘 닦인 티크 가구처럼 반짝이고 있었다. 그녀의 몸은 감각적인 정염에 사로잡혀 떨리고 있었다. 그녀는 그토록 운명적인 결합의 순간에조차 빅 조의 품에서 벗어나려 안간힘을 쓰는 것 같았다. 물론 그게 가능할 리 없어 보였다. 빅 조의 손은 부드럽지만 강하게 찢어진 속옷 사이를 더듬고, 쓰다듬고, 약탈하고 있었다.

빅 조와 어머니는 그림자 속에 있었고, 벌거벗은 그들의 검은 사지는 깊이를 헤아릴 수 없는 시선으로 그들을 지켜보는 별밤 아래 뒤엉켜 희미하게 빛나고 있었다. 말없이 고통받는 짐승처럼, 농까녜지는 날카로운 발톱 앞에 자신을 내맡겨 마침내 큰사내의 가슴 아래로 조용히 무너져내렸다. 여전히 도도하지만 이글거리는 욕망 앞에서 한없이 초라해진 여자의 모습이었다. 그러다 갑자기, 세상이 완전히 뒤집힌 양 사내와 여자는 함께 움직이기 시작했다. 끝나지 않을 것처럼 점점 빨라지는 리듬을 타고 그들은 한동작으로 움직이고, 움직이고, 또 움직였다. 세상이 거대한 수레바퀴처럼 내 주위를 도는 것 같았다.

온몸이 빳빳하게 굳어 감히 숨조차 쉬지 못한 채, 나는 이 광경을 넋을 잃고 지켜보았다.

내 어머니 농까녜지는 이렇듯 철저하게 변해갔다.

15

본의 아니게 본론에서 벗어났다. 잘 안다. 이것이 희망 없는
우회임을. 일종의 도피임을. 애초에 나는 내 이야기만 하려고
했다. 내 느낌과 내 생각에 대해서만 이야기하려 했다. 내가
25년 동안 살면서 배운 모든 것을 기록으로 남기고 싶었다. 비
록 졸업은 하지 못했지만 나는 대학을 3년 동안 다녔고, 흑백
분리수업에 반대해 동맹휴업을 주동했다는 이유로 쫓겨났다.
나는 위대한 사상가들이 어떤 생각을 했는지도 얼추 알고, 수
많은 시인과 소설가가 무슨 말을 했는지도 안다. 프랑스의 한
저명한 시인이 이런 말을 했다. "우리는 금세기를 벗어나야
한다. 아니면 남아 있을 만한 이유를 찾거나!" 나는 책을 많이
읽었다. 일도 열심히 했다. 여러 직업을 전전했다. 건설회사의

시간기록원으로 일하기도 했고, 반투 관청의 서기로 일하기도 했으며, 시내에 있는 큰 서점의 종업원으로 일하기도 했다. 나는 가슴 아프게도 나의 편입을 마뜩잖아하는 백인 세계의 주변부에서 살았다. 하지만 나는 아버지와는 달랐다. 내 어머니, 지칠 줄 모르는 '셔빈의 여왕'의 도움으로 나는 학교에 갈 수 있었고, 대학에도 갈 수 있었으며, 그래서 아버지가 모르던 것을 알았다. 그가 그토록 증오하고 두려워하던 백인의 세계란 것이 기실 사상누각과 같은 것임을 말이다. 그 세계는 영원하지 않을 것이다. 언젠가는 사라져버릴 것이다. 그것은 역사가 우리에게 가르쳐준 바다. 바로 이것을 반 니케르크 교수는 나에게 가르쳐주었어야 했다. 내가 혼자 열심히 책을 읽으며 한 역사 공부가 나를 자기파괴적인 분노로부터 구해주었기 때문이다. 혹자는 여기서 아이러니를 느낄지도 모르겠다. 나는 역사 공부를 통해 내 속에 분노를 키우지 않고 나 자신을 강하고 저항적으로 만들 수 있었다.

물론 이 모든 것 속에는 행운이라는 요소가 있다. 행운이라니! 무슨 농담을 하는 것인가? 곧 형장에서 사라질 존재가 행운을 이야기하다니! 하지만, 왜 임박한 죽음에 대해 이야기하는가? 뒤프레 박사가 늘 불평한 것처럼 나는 너무 병적이다. 나는 이 주제에서 벗어날 수가 없다. 여하튼 나는 우수한 성적으로 고등학교 수료증을 받았다. 수료자 명단을 본 루터교회 목사들은 매우 기뻐하며 나를 나탈 대학 장학생으로 추천했다. 세상은 갑자기 내 앞에서 훨씬 크고도 작아졌다. 학교생활은 강의와 지도교수 면담, 그리고 시위 준비모임과 시위 같은 나름의 리듬을 지니고 있었다. 물론 많은 강의는 흑백 분리수업으로 진행되었다. 우리 흑인들은 인도 전문대학 교정에 있는 창고 같은 강의실에서 강의를 들었다. 그러나 몇몇 강의에서는 '백인 전용' 문구가 나붙은 성스러운 교정을 유린하면서 우리의 존재를 달가워하지 않는 백인 학생들과 함께 강의를 들었다.

가끔 나는 감방에서 자다가 늙은 반 니케르크 교수가 나를 찾아오는 악몽을 꾼다. 그는 항상 박쥐처럼 생긴 얼굴로 몇몇 단어를 의도적으로 삭제한 두꺼운 원고뭉치를 들고 나타난다. 그는 웃으면서 책을 내게 건네고는, 이 책에 나온 지침들을 잘 따라 내가 빛나는 미래를 향해 걸어갈 수 있기를 바라마지않는다고 했다. 반 니케르크, 그 괴물 같은, 돼지 같은 인종주의자, 사이비 학자가! 그러나 이런 끔찍한 꿈이 아니라면 그는 실제로는 어느정도 불길한 매력을 지닌 인물이었다. 학기가 시작된 첫날 그는 어리둥절해 있는 백인 학생들에게 말했다. "자! 자! 제군들, 오늘 이 수업엔 예상외의 손님들이 와 있습니다." 그가 권태로운 미소를 짓자, 시궁쥐 같은 그의 콧수염이 아주 잔잔한 미풍에 살랑거리듯 떨렸다. "이들은 아주 운이 좋은 학생들로 우리와는 인종적으로 다른 집단에 속하는 자들입니다. 그러나 이들 역시 우리와 마찬가지로 아름답게 빛나는 남아프리카공화국의 구성원입니다." 이런 재담을 던지고 그는 먹음직스럽게 잘 익은 옥수수를 찾아낸 원숭이처럼 탐욕스럽게 웃었다. "나는 이들의 존재가 여러분들에게 지금까지 느껴보지 못한 감정과 정서를 불러일으킬 것임을 믿어 의심치 않습니다. 여러분 중 누군가는 이를 두고 장차 우리 사회가 나아가야 할 인종 융합으로 가는 작지만 의미있는 걸음이라고 생각하기도 하겠지요."

나중에 알게 된 사실이지만, 반 니케르크는 어떤 상황에서도 결코 '통합'이라는 단어를 입에 올리지 않았다. 마치 그 단어에 몽마(夢魔)의 파멸적인 힘이라도 깃들어 있는 양 말이다. "물론 이 가설이 결코 쉽게 실현되지는 않을 것입니다." 반 니케르크는 말을 이었다. "그러나 나는 이렇게 말할 수밖에 없습니다. 유색인의 관점에서 볼 때도 이 가설은 아직 불분명합니다. 내 경험에 따르면, 나는 이 대목에서 오로지 내 경험밖에 믿을 것이 없는데, 반투인과 인도인은 물론 클레를링(컬러드, 혼혈유색인. 남아공의 아파르트헤이트 체제는 인종을 백인, 흑인, 인도인, 혼혈유색인 네 등급으로 구분했다 — 옮긴이)조차도 우리와 마찬가지로 그들의 인종적 순수성을 지키기를 원하기 때문입니다." 반 니케르크는 자기 종족의 신화조차 믿지 않는 듯했다.

이 말을 듣고 청록색 눈동자와 끝이 처진 관능적인 입매를 지닌 금발 여학생이 교실이 떠나갈 듯 웃자 반 니케르크 교수는 놀랍고 의아하다는 듯한 눈으로 그 여학생을 바라보았다. 금발 여학생은 순간 흠칫하며 계면쩍은 듯 자세를 고쳐 앉았다. "질문이 있는데요, 반 니케르크 교수님." 그녀는 방어적으로 말하며 묻지도 않은 질문에 반응을 보였다. "교수님께서 말씀하신 '융합' 얘긴데요, 흑인들도 '융합'을 원치 않는다는 사실을 어떻게 알 수 있죠?" 금발, 적발, 흑발에다 제각각 모양도 크기도 다른 흰 얼굴들이 일제히 그 여학생의 용기에 다채로운 표정으로 놀라움을 나타내며 몸을 돌려 입을 떡 벌린 채 그녀를 쳐다보았다. 이제 와서 말이지만, 나는 이런 질문이 나왔을 때 이미 주의했어야 했다. 왜냐하면 백인 여성은 기회만 주어지면 인종 문제에서 말썽을 일으키려 들기 때문이다. 하지만 나는 너무 늦게 깨닫고 말았다! 도무스 메이너드라는 우리 중 유일한 컬러드 학생이 갑자기 입을 열었다. "반 니케르크 교수님, 제가 올바르게 이해했는지 모르지만, 저를 비롯한 많은 컬러드들은 굳게 지켜야 할 인종적 순수성 같은 것이 정말 있는지 의심스러워합니다. 교수님 같은 백인들이 흑인들과 피를 섞어 만들어낸 것이 바로 저희 같은 갈색 피부의 소유자들이니까요."

나는 지금도 꿈속에서 지난 크리스마스의 귀신에 홀린 듯 망연자실해 있는 반 니케르크 교수의 얼굴을 본다. 그의 하얀 머리털은 쭈뼛 서고, 말처럼 긴 그의 얼굴은 처음에는 홍조를 띠었다가 급속히 창백해졌다. 뾰족한 코는 킁킁거리며 숨을 들이쉬었고, 치뜬 한쪽 눈은 천장을, 다른 쪽 눈은 땅바닥을 향했다. 늘어진 입은 목적없는 막연한 욕망으로 침을 흘리고 있었다. 참으로 흉측한 몰골이었다. 잠시 후 그는 아무 일도 없었다는 듯 이야기를 이어갔다. 그는 자신이 가르칠 역사 과목, 그중에서도 아프리카 역사에 대한 사전지식을 전달했다. 우리 흑인 학생들을 욕보이려던 그의 욕망은 도무스의 말 때문에 상처만 입고 말았다.

"소개가 필요없는 한 위대한 역사가가 우리가 사랑하는 이 대륙에 대해 이렇게 말한 적이 있습니다." 반 니케르크는 말을 이었다. "나는 그의 말이 옳다고 생각합니다. 백인이 등장하기 전에 이 어둡고도 어두운 대륙에는 역사라는 것이 없었습니다. 그것을 우리가 인정하느냐 아니냐는 중요하지 않습니다. 아프리카의 역사는 아프리카 땅에 온 최초의 백인과 더불어 시작되었다는 점이 중요할 뿐입니다. 곧, 아프리카의 역사는 흑인의 역사가 아니라 이질적인 환경에 적응한 백인의 역사라는 것입니다. 여러분, 이 형언할 수 없는 아이러니에 대해서 잠시 생각해보기 바랍니다."

청록색 눈동자의 금발 여학생만은 교수의 눈을 피해 손톱을 칠하고 있었지만, 다른 백인 학생들은 내키지 않는 숙제를 해야 하는 상황으로 내몰린 일 때문에 자못 심각해 보였다. 그들은 반 니케르크 교수의 지시대로 조용히 생각에 잠겼다. 그때 항상 내 왼편에 앉는 인도인 학생인 호세인이 참을 수 없다는 듯 낄낄거리기 시작했다. 백인 학생들은 그의 방자한 행동에 화가 치밀었다.

반 니케르크 교수의 '아프리카 역사 연구'라는 거창한 제목의 수업에 참석할 수 있는 아주 드문 기회를 잡은 흑인 학생은 다섯뿐이었다. 백인 학생들은 줄곧 우리를 함께 강의를 듣는 것만으로 감지덕지해야 하는 침입자로 취급해왔다. 교실 이쪽

저쪽에서 호세인의 입을 다물게 하려는 야유가 일었다. 그러나 이 불만 섞인 소음의 효과는 정반대로 나타났다. 호세인의 낄낄거리는 웃음소리는 박장대소로, 또 박장대소는 신들린 듯한 함성으로 이어졌다. 곧 흑인 학생들도 합류했다. 안됐지만, 나도 예외가 아니었다.

반 니케르크 교수는 한쪽 눈은 위로, 다른 쪽 눈은 아래로 떴다. "이런 상황에서 웃음이 나온다니 정말 어처구니가 없군요." 그는 사탕무처럼 얼굴이 벌겋게 달아올라서는 심각하고 못마땅한 시선으로 우리를 노려보았다. 그가 입을 비죽거리자 그 얼굴은 사납게 찡그렸을 때보다 더 잔인해 보였다. 그는 협박하듯, 혹은 고통스럽게 자기방어를 하듯 하얀 이를 앙다물었다. 마침내 그가 발언을 재개했다. "내가 미처 생각하지 못했군요." 반 니케르크 교수는 낄낄거리는 웃음소리들 위로 고함을 질렀다. "이 거대한 대륙이 역사적 성취를 거의 이룬 바 없다는 이야기에 이렇게 경박한 반응을 보이리라고는 상상도 못했어요. 내 생각에, 우리가 아프리카의 비극이라고 생각하는 것에는 우리 모두가 연관되어 있으니 그 본질에 대해서 함께 고민해야 합니다."

반 니케르크 교수는 작정한 듯 말을 이어나갔다. "여러분, 우리는 앞으로 북쪽(남아공의 백인들에게 북쪽은 곧 유럽을 의미한다—옮긴이)을 바라보아야 합니다. 우리는 인간적 사유와 과학 그리고 철학이 부재한 대륙에 살고 있습니다. 눈에 띄는 예술과 음악, 건축도 없습니다. 이것은 결코 웃음을 불러일으킬 만한 일이 아닙니다. 아프리카에 있는 우리가 인간의 정신과 인간의 업적을 기리는 기념비에 둘러싸여 있는 것이 아니라 놀라운 부재와 정신적 진공상태, 그리고 사유 없는 침묵에 둘러싸여 있다는 사실이 무시무시한 일이 아니면 무엇이겠습니까?"

그렇다. 이것이 그의 마지막 말이다. 자신의 웅변에 지쳤는지 반 니케르크 교수는 마침내 주춤거리며 연단 뒤로 물러나더니 때가 탄 흰 손수건으로 연신 이마의 땀을 훔쳤다. 몇몇 백인 학생들이 교실 이곳저곳으로 서로 모여들자 억눌린 탄성들이 지하수처럼 흘러나왔다. 이때까지도 호세인은 자기 자리에서 떼굴떼굴 구르고 있었다. 얼마나 심하게 웃었는지 눈물이 두 뺨을 타고 흘렀다. 그러더니 누군가 강제로 수면제라도 먹인 양, 그는 갑자기 잠에 빠져들었다. 머리는 뒤로 젖히고, 입은 벌린 채, 얼굴에는 지극히 행복한 듯한 미소를 엷게 머금고 있었다. 반 니케르크 교수는 화가 났다기보다는 아연해하는 표정으로 몸을 앞으로 쭉 빼고 새롭게 진행되는 이 사태를 지켜보았다.

16

　대학교 3학년 초기에는 유독 동맹휴업과 시위가 잦았다. 모두 인종차별에 저항할 의도로 주도된 것이었다. 자유주의적이거나 좌파 성향이 강한 몇몇 백인 학생과 교수도 가담했다. 동맹휴업의 절정은 총장실 점거였다. 점거는 대개 소란을 동반하는데, 화분 몇개가 깨지는 것은 보통이고 누군가는 오줌을 갈기기도 했다. 점거는 전투경찰이 개입하고서야 끝이 났다. 그 결과 몇몇 학생들은 심하게 구타당해 병원에 입원하기도 했다. 나는 다행히 팔에 골절상만 입고 도망칠 수 있었다.

　내가 어떻게 이런 싸움에 주요 인물로 가담하게 되었는지는 나조차 명확하게 설명하기 어렵다. 처음에 나는 집회에 연사로 참여해 흑인 학생들이 느끼는 절망감을 대학측에 알리는 여러 결의문을 지지하는 발언을 했을 따름이다. 후에 나는 그런 조명을 받지 않으려고 무던히 애를 썼지만, 나도 모르는 사이 점점 더 정치의 그물망 속으로 깊이 빨려들어갔다. 점점 더 많은 회의에 불려나갔고, 학교 당국과 협상을 하는 중책도 맡게 되었다. 이런저런 부정행위를 규탄하는 집회를 주도하기도 했다. 대표단에 자주 이름을 올리면서 나는 유명해졌다. 몇몇 언론과 여러번 인터뷰도 했다. 이는 곧 가까운 미래에 경찰과도 인터뷰를 하게 될 것임을 의미했다. 결국 나는 학교측으로부터 이렇게 불순한 행동을 계속하면 학교에서 쫓겨날 수도 있다는 강한 어조의 경고장을 받았다. 나는 이 경고를 진지하게 받아들이지 않았다. 결국 노동절이 지나고 터질 것이 터지고야 말았다. 인종 혼합 강의에서 도발적인 태도를 견지하는 반 니케르크 교수를 퇴진시키자는 학생들의 요구가 시위로 발전했고, 이것이 몇차례 경찰과의 충돌로 이어졌다. 워릭 가에 있는 유리창 몇장이 잘 조준된 돌에 맞아 박살이 났다. 학교측으로부터 이미 여러차례 경고장을 받았던 나는 금방 퇴학당하고 말았다. 나탈 대학 학생으로서의 나의 경력은 이렇게 끝났다.

17

 이따금 분위기가 무르익으면 뒤프레는 나에게 사랑이라는 주제로 말을 꺼낸다. 내 처지에 대해서 너무 오래 고민한 탓인지, 아니면 자신의 과거 경험 때문인지, 그는 그 주제에 대해 비합리적이다 싶을 정도로 비관적인 견해를 드러낸다. 그는 다른 인간을 '개인적인 느낌'으로 사랑할 수밖에 없는 것이야 말로 완전한 비극이라고 주장한다. "그건 아마도 사람들의 생각과는 달리 신의 선물은 아닐 걸세." 뒤프레는 안경 뒤에서 눈을 반짝이며 음산하게 말한다.

 "성급하고 요구하는 것이 많은 사랑은 위험이자 아무것도 할 수 없는 감옥이라네." 뒤프레는 말한다. "버만트의 달빛과 앨러배머의 별빛 같은 미국인들이 즐겨 부르는 대중가요에 나오는 것과는 전혀 무관하지. 오히려 그 반대일세. 사랑은 뜨겁고, 어둡고, 위험한 것일세. 대개는 실패와 상실로, 도피와 배신과 속임수로 끝나지. 잔인함도 그중 하나고."

뒤프레를 만난 이래로 그가 뭔가 의미와 가치와 진리를 담은 언어를 사용한 것은 이번이 처음이다. 내가 그 안에 숨어 있는 감정의 샘을 본 것도 이번이 처음이다. 그는 더이상 차분하고 탐색적이고 냉정한 과학자가 아니라, 인간의 가슴속에 있는 미지의 신비와 싸우는 우리와 똑같은 인간이다. 언어가 그렇게 말하고 있다.

머리 위에 납덩이 같은 하늘을 인 잿빛 아침에 뒤프레가 사랑이라는 주제로 열변을 토하는 것을 들으니 여러가지 잊고 싶은 일들이 떠오른다. 학교 다닐 때의 일이다. 예쁘장하게 생긴 내 또래 여학생이 늘 놀란 듯한 표정으로 나를 뚫어져라 쳐다보았다. 그윽한 검은 눈동자와 부드럽고 검은 피부를 지닌, 섬세하고 예민하며 부끄러움이 많고 잘 놀라는 여학생이었다. 그녀는 나는 물론이고 그 누구에게도 마음속에 있는 말을 한 적이 없었다. 그런데 어느날 무언가 내 뺨을 후려쳤다. 돌아보자 그녀가 다시 내 뺨을 후려쳤다. 나는 어이가 없었다. 무언가 놀이를 하는 중이었던 나는 그녀에게 왜 그러느냐고 물었다. 그러자 그녀는 격렬하게 떨면서 눈물을 터뜨렸다.

"왜냐하면 널 사랑하니까, 그리고 널 미워하니까. 뭘 어떻게 해야 할지 모르겠으니까!" 그때 나는 엄청난 충격을 받았다. 그러나 그 일을 통해 깨달은 것은 아무것도 없다. 그녀의 역정은 나를 더욱 혼란스럽게 했을 뿐이다. 이제야 나는 그 소녀의 마음을 조금이나마 이해할 것 같다. 버로니카도 마찬가지이다. 용감함과 두려움 사이를 왕복하는 그녀를, 나를 향한 그녀의 욕망과 변덕을, 그리고 나와의 공모와 마지막 순간의 배신도 이해할 수 있을 것 같다. 그것 역시 동일한 집착과 용기와 부끄러움의 소산이었다. 아울러 내가 왜 버로니카에게 그렇게 깊이 빠져들었는지도 이해할 수 있을 것 같다. 뒤프레가 지치지도 않고 내게 줄기차게 상기시켜준 것처럼, 백인 전용 사냥 구역에서 밀렵을 하는 흑인 청년들을 조금도 주저하지 않고 교수형에 처하는 이 나라에서 내가 왜 백인 여성을 부적절한 욕망의 대상으로 삼게 되었는지를 말이다. 그러나 내가 나를 잡아가두려는 이 사회의 엄중한 속박에 저항하기 위해 특정한 영역을 선택한 배경에는 여러가지가 얽혀 있다. 욕정도 그중 하나였다. 인정한다. 그러나 왜 백인 여성을 향한 욕정인가? 내 주위에는 욕정을 해소할 수 있는 수많은 흑인 여성이 있었다. 단지 욕정이, 다른 무엇이 아닌 욕정이 문제였다면 말이다. 내가 대학에서 쫓겨난 것도, 정착할 곳과 방향감각을 상실한 것도, 나의 이 지극한 절망도 실은 이 문제와 관련된 것은 아닐까? 아무튼 나의 열정은 소박하게 시작되었다. 버로니카와 내가 규칙을 성실히 지키면서 시작한 게임에서 말이다.

결국 승자는 그녀였다. 그렇다. 이 엄청난 스캔들을 딛고 일어선 유일한 승자는 그녀뿐이다. 주사위가 처음부터 내게 불리한 방향으로 예비되어 있었다는 점을 생각하면, 이 결과는 당연한 것이다. 그녀와 나는 언제나 최소한의 형식을 갖추려고 노력했다. 그것은 인종간 결합을 엄격히 금지하는 나라에 살지만 울타리 저편의 풀을 뜯고 싶어하는 충동을 지닌 사람들에게는 반드시 필요한 것이었다. 서로 말로 확인한 적은 없지만, 발각되면 철창 신세를 질 것이라는 공포가 강제하는 이 게임의 규칙 중 하나는 날이면 날마다, 달이면 달마다 이 참담한 익명성의 고통을 감수하는 것이었다.

버로니카와 나는 처음부터 세상의 모든 연인에게 허락된, 둘만의 관계가 막 싹트기 시작할 때의 느낌을 즐길 권한이 박탈되어 있었다. 우리는 서로의 이름을 교환할 수도 없었고, 싹터가는 호감을 드러내는 가벼운 농담조차 건넬 수가 없었다. 세심하게 준비한 칭찬을 주고받을 수도 없었고, 옷과 표정과 느낌과 감정과 배고픔과 그리움에 대한 그 어떤 서투른 표현조차 교환할 수 없었다. 상대방에 대한 칭찬은 영원히 변하지 않을 구혼의식의 핵심임에도, 우리는 이런 기본적인 것조차 누릴 수 없었다. 남녀관계의 정점인 두 육체가 결합하는 순간까지도 버로니카와 나는 서로 완전히 남남인 상대였다. 우리는 표정과 몸짓이라는 원시적 차원의 언어 외에는 그 어떤 언어도 교환할 수 없었다. 상대에 대한 욕정을 더이상 견딜 수 없어 저절로 터져나오는 은밀한 탄식과 신음 외에는 그 어떤 언어도 사용할 수 없었다. 요컨대 우리는 서로가 서로를 호명할 수 없는 연인이었다.

우리는 이름만 그렇게 불리지 않았을 뿐 모든 면에서 연인이었다. 그 때문에 그에 합당한 고통도 뒤따랐다. 우리는 서로를 주린 눈으로 탐욕스럽게 응시했다. 예기치 않게 길거리에서 우연히 마주치기라도 한 날이면 우리는 내리깐 눈꺼풀 뒤에서, 섬세하게 끌어내린 입꼬리로, 심지어는 순간적인 입술의 떨림을 통해 억눌린 긴장감을 표출했다. 물론 이것은 모두 순전히 그녀에 대한 내 관찰을 바탕으로 한 것이다. 나는 당시 내 얼굴이 어땠는지는 알지 못한다. 다만 짐작만 할 뿐이다.

언젠가 영국인 소녀와 나는 각기 다른 길로 해수욕장을 떠났다가 아주 우연히 상가 모퉁이의 자그마한 담배가게 입구에서 마주쳤다. 우리는 둘 다 이 예기치 못한 만남에 너무 놀란 나머지 어떻게 해야 할지 몰라 당황해했다. 평상시 '밀회'를 하던 그 한적한 해수욕장에서 아주 멀리 떨어진 곳에서, 우리는 우연히 마주친 어색한 연인처럼 어떤 말을 꺼내야 할지 몰랐다. 서로가 너무 부자연스럽고 부끄러운 나머지 우리를 지켜보던 주변의 백인들이 우리의 행동에서 아무런 이상함을 발견하지 못한 것이 의아할 정도였다. 평소에 흑인을 자신들의 모자를 거는 못 정도로 취급하는 남아공의 백인들이라면 이 기이한 장면을 놓쳤을 리가 없다. 그들은 어딘가 수줍어하고 어색해하는 우리의 태도를 한눈에 간파했을 것이다. 놀란 듯한 표정과 순간적으로 얼굴을 스쳐간 죄의식 어린 미소, 그리고 재빨리 시선을 돌리려 했지만 서로를 알고 있다는 사실만큼은 감추지 못한 우리의 눈빛을 알아챘을 것이다. 다시 한번 말하지만, 나는 그 누구도 우리의 기이한 태도를 보며 순진한 백인 여자가 어수룩한 흑인 남자와 우연히 만난 것뿐이라고는 생각하지 않을 것이라고 확신한다. 흠잡을 데 없고 가까이하기 어려운 백인 여성과 자기보다 '우월한 인종'의 여성을 만나는 일에 대한 부담 때문에 겁에 질려 있는 무기력한 흑인 원주민 남성이 아무런 거리낌 없이 서로 만나고 있다고는 생각하지 않았을 것이다. 그들은 빨개진 소녀의 얼굴을 보고, 파르라니 떨리는 긴 속눈썹 아래 감춰진 죄의식 때문에 이리저리 움직이는 눈동자를 보고, 무슨 말인가를 꺼내려다 알 수 없는 소리를 중얼거리며 떨리는 입술 때문에 크게 비뚤어진 입을 보고, 서로가 서로를 알고 있다는 사실을 감추려 애쓰는 당황한 연인들의 만남을 연상했을 것이다. 주변 사람들을 놀라게 하는 데 그녀와 내가 이미 제공한 것 이상의 증거는 필요하지 않을 것이었다. 서로가 서로에게 낯선 사람이지만 상대의 얼굴만큼은 또렷하게 기억하는 우리는 우연히 마주친 바로 그 순간에 서로의 죄의식을 확인하고 말았다. 긴장감과 초조감이 밀려들었지만, 그것은 우리가 담배가게에서 처음으로 상대의 얼굴을 정면으로 마주 보았기 때문이 아니라, 서로의 육체가 처음으로 닿았기 때문이다.

주변에는 백인이 몇명 있었던 걸로 기억한다. 한 노인은 브라이어 파이프를 이리저리 살펴보고 있었고, 호리호리한 금발의 중년 부인은 여행지 엽서를 뚫어져라 쳐다보고 있었으며, 수영복 차림의 두 소녀는 계산대 뒤에 있는 회색빛 얼굴의 담배장수와 가벼운 성적 농담을 주고받고 있었다. 가게 한쪽 구석에서는 어깨가 넓고 얼굴이 빨간 럭비 선수 같은 두 사내가 방금 산 담뱃갑을 움켜쥔 채 럭비 선수 두 명의 장단점을 놓고 티격태격하고 있었다. 담배 냄새와 썬탠오일 냄새, 그리고 바닷가에서 막 나온 듯한 젖은 살 냄새가 그 비좁은 가게를 가득 채웠다. 담배 한 갑을 산 후 가능한 한 남의 눈에 띄지 않게 가게 문을 나서려는 찰나에 나는 이미 외출복으로 갈아입고 가게로 들어서는 버로니카 슬레이터와 부딪쳤다. 그녀는 하필 그 순간에 가게에 들어서서 운명의 장난처럼 내가 산 것과 같은 상표의 담배를 사려 했는지도 모른다. 그때까지만 해도 후덥지근하고 나른한 어느 오후의 터널 속에 갇힌 것처럼 무겁던 공기가 티끌처럼 가벼워지기 시작했다. 버로니카와 나는 그저 단순하게 마주친 것이 아니라 우연한 포옹이라고 할 수 있을 정도로 서로가 서로의 몸을 향해 거의 쓰러지듯 충돌했다. 수영을 막 끝내고 나온 버로니카는 여전히 축축하고 썬탠오일 냄새가 났다. 그녀는 서투른 어린 코끼리 같은 기세로 풍만한 가슴을 앞으로 내민 채 내 쪽으로 돌진해왔다. 나는 지금까지도 그때의 느낌을 정확히 기억한다. 우리의 몸이 서로 스치며 거의 포옹하다시피 할 때 내 피부에 와닿던 그 짜릿한 감촉을 말이다. 그녀가 입은 씰크 옷의 감촉은 물론이고 그녀의 맨팔의 감촉을 느꼈을 때 나는 내 혈관을 타고 흐르는 피가 노래하는 소리를 들을 수 있었다.

우리가 서로 부딪쳤을 때 무언가가 그녀의 손에서 툭 떨어졌다. 빗이었는지 모자였는지 아니면 손가방이었는지는 기억나지 않는다. 그때 나는 말했다. "죄송합니다! 용서해주세요!"
그리고 떨어진 물건을 집으려 몸을 굽혔다. "아니에요, 아니에
요! 제 잘못이에요!" 그녀는 낮은 어조로 공손하게, 그리고 백
인 여성이 원주민에게 하는 것치고는 아주 부끄러운 듯 말했
다. 그녀의 목소리를 들은 것은 그때가 처음이었다. 그녀의 목
소리는 신경질적이고 어조가 높으며 불만투성이인 대다수의
남아공 백인들의 목소리와 달리 놀라울 정도로 감미로웠다.
그 목소리는 아주 낮고 고요했으며, 마치 한밤중의 바다에서
들려오는 소리처럼 음악적이었다. 갑작스러운 만남으로 인해
당황한 탓인지 아니면 떨어진 자기 물건을 빨리 집어야 한다
는 생각 때문인지는 알 수 없지만, 버로니카는 자신이 무엇을
하고 있는지도 모르는 채 내가 그녀의 물건을 집어주려고 무
릎을 꿇는 바로 그 순간에 동시에 무릎을 꿇었고, 그래서 함께
웅크리고 앉은 우리의 얼굴은 서로 스칠 뻔했다. 우리 둘은 거
의 같은 순간에 머리를 숙였고, 아직 마르지 않은 그녀의 머릿
결이 내 뺨을 빠르게 스쳤다. 그녀의 크고 관능적인 입이 내
입 주변을 잠시 배회했다. 다소 바보 같다는 느낌도 들었지만,
너무 가까운 거리였기 때문에 흥분한 우리는 순간 서로를 어
색해했다. 그녀가 눈을 들어 내 눈높이와 맞추었다. 빛과 어둠
이 부자연스럽게 교차하는 듯한 그 깊고 푸른 눈동자를 들여
다보자, 마치 발가벗은 채 혼란스러운 수렁 속으로 가라앉는
듯한 느낌이 들었다. 나는 그녀의 동요 속에서 긴장된 정적을
보았다. 그녀의 부드러운 뺨의 곡선을 따라 홍조가 일었다. 분

명 나만큼 흔들리고 있었음에도 불구하고, 버로니카는 예의 그
도발적인 웃음을 그치지 않고 있었다. 그것은 내가 그간 해변
에서 숱하게 봐온 매우 익숙한 웃음이었다. 느리고 주저하는
듯하지만 눈이 부실 정도로 쾌활하고 육감적인 웃음이었다. 그
것은 그녀가 오래전부터 마법에 걸린 내 심장에 감아온 모든
욕망의 실타래를 풀어낼 만큼 강력한 힘을 지니고 있었다.

이 모든 일이 몇초 안에 벌어졌다. 버로니카와 나는 동시에
일어섰다. 순간 나는 깊게 파인 상의 위로 하얗게 드러난 목덜
미를 보았다. 하늘하늘한 옷 속에서 우아하고 훌륭한 젖가슴
이 대양의 파도처럼 출렁이는 것도 보았다. 한순간에 벌어진
일이었지만, 그것은 또한 영혼의 고통이 깃든 순간이기도 했
다. 우리가 그간 잘 숨겨왔다고 생각해온 가슴속 비밀들이 순
식간에 드러나버린 순간이었다.

뜻하지 않은 그 만남에는 즐거움도 있었다. 몸을 구부린 상
태에서 나는 그녀가 자주 바르던 썬탠오일뿐 아니라 그 오일
밑에 바르던, 결코 부드럽다고는 할 수 없는 강한 향수 냄새를
맡을 수 있었다. 그뿐만이 아니었다. 나는 이 만남이 우리 둘
중 누구도 쉽게 기권하거나 통제할 수 없는 어떤 단계의 시작
일 것이라는 강한 확신을 갖게 되었다. 그 내용이 무엇이 될지
는 몰랐다. 그것이 어떻게 끝날지도 몰랐다. 우리가 남아공이
라는 나라에서 만나지만 않았다면, 나는 이 만남을 우리 둘의
관계가 그럴듯한 국면으로 들어서는 좋은 조짐으로 인식했을
것이다. 항상 그랬듯이 나는 이 만남에서 어떤 전조를 느꼈다.

아무리 우연적이고 감질날 정도로 짧았을지라도, 이것은 내가 그 영국 소녀와 최초로 가진 육체적 접촉이었다. 그뒤로 그녀는 내게 더이상 순진한 꿈도, 환영도, 유령도 아니었다. 무더운 백사장에 홀린 내 눈이 스스로 만들어낸 신기루도 아니었다. 나는 내 가슴을 짓누르는 그녀의 가슴을 느낀 것이다. 내 얼굴을 스치는 그녀의 머릿결을 느낀 것이다. 강렬한 색과 흥분으로 떨고 빛나던 소녀가 내게 미소를 흘린 것이다. 깜빡이는 눈꺼풀 뒤에 얌전히 숨은 커다란 두 눈이 그 짧은 만남의 순간에 내게 대답할 수 없는 질문을 던진 것이다. "제 잘못이에요!" 소녀는 그렇게 말했었다. "제 잘못이에요!" 그 이후에 벌어진 일은 그것이 무엇이었든 간에 그녀의 잘못이었다. 그녀는 그것을 알고 있었던 것이다.

18

그날 밤 뜨겁게 달궈진 포장도로 위로 비 냄새가 났던 것이 기억난다. 마므람보의 판잣집 뒤 우거진 뜰에서는 억눌린 소리가 흘러나왔다. 나는 열기의 냄새를 맡고 나뭇잎의 수런거림을 들으며 잠자리에 들었다. 불편하고 성가신 잠에 빠지자 꿈을 꾸었다. 흰 망령들이 나를 에워싸는 끔찍한 꿈이었다. 그런 꿈 가운데 지금까지도 생생하게 기억나는 꿈이 있다. 다른 꿈들은 파편처럼 흩어져 일관성 없는 이미지와 순간적인 인상들, 그리고 까만 형상과 유령들만 남았다. 나는 이것들 뒤에 나의 가장 내밀한 공포가 숨어 있다고 확신한다. 거부된 내 모든 비밀스러운 욕망과 개인적인 죄의식이 불타고 있다고 생각한다.

그 불완전한 기억 속에서 떠오르는 것은 사악한 괴물들과 미치광이들이 나타나 나의 내밀한 의식 저 밑바닥에서 괴기한 귀신의 춤을 추는 모습이다. 나는 이 형상에 일정한 체계를 부여하고 무질서한 이미지에 의미를 부여하려 애를 써보지만, 남는 것은 검은 그림자뿐이다. 결국 모든 것은 죄의식과 부끄러움이 연출하는 불길한 분위기, 그리고 보다 이해하기 힘든 공포 속으로 용해되어버린다. 꿈의 내용을 알려고 하면 할수록 더 무서운 보복만을 체험하게 되는 것이다.

그럼에도 불구하고 그 꿈의 희미한 잔상은 오늘날까지도 내 마음속에 화인처럼 남아 있다. 오래전 일이지만 기억 속에서 지워버리기 힘든 끔찍한 고문처럼 말이다. 장소는 명확하게 생각나지 않지만, 분위기로 보아 줄루 법정인 듯하다. 화려한 줄루 군주가 심판석에 앉아 있고, 나는 그의 인두나(줄루어로 '족장'이라는 뜻—옮긴이)와 신하들에게 둘러싸여 있다. 내가 무슨 잘못을 저질렀는지는 알 길이 없다. 나는 무수히 많은 신하들과 무장 근위대 앞에 놓인 연단 위에 서 있는 것 같다. 머리끝부터 발끝까지 아무것도 걸치고 있지 않다. 하루 온종일 그곳에 서 있었던 것 같다. 매우 피곤하다. 두 다리는 거의 축 늘어져 있다시피 하지만, 그럭저럭 내 몸무게를 잘 감당하고 있는 듯하다. 왕좌에 앉아 있는 추장이 불꽃처럼 빨간 눈으로 나를 노려보고 있는 모습을 볼 수 있기 때문이다.

갑자기 놀라운 장면이 내 눈앞에서 펼쳐진다. 차가운 강철이 벗은 몸을 관통하듯 내 몸속으로 한줄기 전율이 흐른다. 그 느낌이 한동안 지속되면서, 나는 내 몸이 보이지 않는 불길과 수백만 개의 뜨거운 손길에 달궈지는 느낌을 받는다. 내 눈앞에 왕의 딸이 서 있다. 그녀는 내가 지금껏 본 여자 중에서 가장 아름다운 여자다. 그녀는 구슬장식을 달고 고혹적인 사지를 하늘거리는 파란 베일로 감싼 것 외에는 아무것도 입고 있지 않다. 큰 키에 귀족적이고 부드러운 팔다리를 지닌 그녀의 젖가슴은 갈색 소금기둥같이 높이 솟아 있고, 눈은 뱀처럼 차갑다. 그런 그녀가 나긋나긋한 걸음걸이로 법정으로 걸어들어온다. 입가에는 애매하면서도 도발적인 미소를 띠고 있다.

그 소녀는 나를 위해 춤을 추기 시작한다. 사람들은 모두 내가 그녀의 의도적인 도발을 어느 정도까지 버틸 수 있는지 지켜보고 있다. 이것이 내가 치러야 할 시험이다. 내겐 경고가 주어졌다. 육체적인 음욕의 징후를 조금이라도 드러내면 그 자리에서 내 목을 친다는 것이다. 나는 모든 욕망을 거부하고 나의 육체를 처음과 동일한 상태로 유지해야만 한다. 다시 말해 모든 사악한 행위와 지상의 슬픔의 원천이 되는 어떤 유혹에도 굴하지 않는 능력을 보여야 하는 것이다. 그러나 남자인 내가 이를 어찌 견딜 수 있으랴! 도발적인 춤을 계속해서 추어대는 소녀 앞에서, 나는 마치 높은 산 위에 홀로 서 있는 듯하다. 그곳에서 불어오는 얼음처럼 차가운 바람조차 달아오른 내 이마를 식힐 수 없다. 내 머릿속의 모든 힘줄이 피스톤 엔진처럼 마구 뛰고, 내 피는 심장에서 머리로 뜨겁고 빠르게 자리를 옮겼다가 이내 배와 허벅지 그리고 두 다리로 이동한다. 내 두 다리 속에서 이는 가벼운 동요가 참담한 꼴을 당하게 될

지도 모른다는 경고를 발한다.

나는 반드시 이 상황을 견뎌야 한다. 나는 스스로에게 다짐한다. 이것이 내가 이 끔찍한 운명에서 벗어날 수 있는 유일한 기회이다. 내가 살아남을 수 있는 최후의 기회이다. 그러니 이 믿을 수 없는 상황을 벗어나기 위해 제발 다른 생각을 떠올려 보자!

그러나 왕의 딸이자 나의 요부인 그녀는 일곱 베일의 춤을 잘 갈고닦은 훈련된 무희처럼 투명한 베일을 벗어던지며 눈 뜨고 지켜보기 힘든 놀라운 육체의 풍성한 비경을 드러내기 시작한다. 나는 눈이 부셔 그 모습을 차마 바라볼 수 없다. 그렇다고 보지 않을 수는 더더욱 없다. 나는 떨리는 그녀의 풍만한 젖가슴과 희미하게 빛나는 탱탱한 엉덩이에 넋을 잃은 채 가만히 서 있다. 그녀의 손은 반질반질한 갈색 허벅지를 위아래로 섬세하고 느리게 쓰다듬다가 갑자기 깃털로 장식한 검붉은 영광의 왕관 쪽으로 미친 듯이 움직인다. 머리가 어질어질하다. 심장이 두방망이질을 친다. 느린 불꽃이 하반신을 타고 내려간다. 땀방울이 이마에서 뚝뚝 떨어진다. 그녀는 내게 딱 붙어 춤을 추고 있다. 자신의 몸으로 내 몸을 비비는 듯이 내 사지를 돌고 돈다. 소녀의 성적인 율동에 거의 미칠 지경이 되어버린 나는 서서히 통제력을 잃기 시작한다. 오, 신이시여, 도와주소서! 더이상 견딜 수가 없사옵니다! 오, 조상님들이시여, 내 아버지의 아버지여, 제발 저를 도와주소서! 그러나 소용이 없다. 이제부터 나를 구원할 수 있는 자는 오직 나뿐이다. 인간의 법보다 더 오래되고 문명보다 더 오래된 충동에 순순히 몸을 의탁해야 하는 순간이 오고야 만다. 그러나 이는 한편으로 분명 지고한 해방의 순간이기도 하다. 금지된 고결한 문을 열고 들어가야만 완전한 해방을 만끽할 수 있기 때문이다. 그리고 나는 죽는 것이다.

만일 내가 이렇게 죽어야만 하는 것이라면, 이 얼마나 행복한 일이냐! 그때 나는 이렇게 생각했었다. 그러나 내가 공주에게 하얀 새떼를 쏘려 할 때, 나는 왕이 자리를 박차고 일어나는 모습을 보았다. 그의 얼굴은 딱딱하게 굳어 있었다. 먼 평원에서 불어오는 높은 바람 같은 웅성임이 운집한 군중 속에서 터져나왔다. 왕은 목구멍 깊은 곳에서 신음소리를 내고는 형언할 수 없는 분노가 서린 목소리로 소리쳤다. "저 반역자를 체포하라! 체포해 당장 목을 베어라!" 상황을 되돌리기에는 너무 늦었다. 나는 내 몸이 왕실의 성소 안으로 터져나가는 듯한 느낌을 받았다. 공주와 결합한 순간 나는 내 운명이 더이상 두렵지 않았다. 병사 하나가 번쩍거리는 창을 들고 다가오더니 그것을 높게 쳐들어 단번에 내 심장을 찔렀다. 그 일격에 나는 내 지극한 쾌락과 황홀의 근간을 절단당하고 말았다.

"그건 분명 소망충족의 꿈일세." 내가 그 이야기를 했을 때 뒤프레는 흥미로운 듯 말했다. "놀라운 게 있네." 그는 한참을 생각하더니 말을 이었다. "꿈의 소재가 가설적인 측면뿐 아니라 성적 만족에 대한 열망의 재연이라는 측면에서도 매우 직접적이네. 어떤 형태의 상징도 나오지 않지. 버섯도 나오지 않

고, 나무를 기어오르거나 어두운 동굴을 통과하지도 않아." 그
는 머리를 흔들었다. "그 끔찍한 전제군주가 누구를 상징하는
지는 자네도 알겠지?"

"쎄츠와요 왕이죠!" 나는 웃으면서 말했다. "아니, 샤까 왕
이에요. 베꾸줄루 왕일지도 모르죠."

"씨비야 군!" 스위스 의사는 신경질적으로 한숨을 내쉬었
다. "제발, 좀 진지해지게."

19

뒤프레의 말대로 이 꿈이 백인 소녀와 연관된 것일 수도 있다. 나는 잘 모르겠다. 별로 개의치도 않는다. 내가 아는 것은 단지 아침이 되자마자 내가 자리를 박차고 일어나 시내로 나갔다는 것이다. 나는 늘 가던 한적한 해수욕장 한구석에 병든 새처럼 쭈그리고 앉아 나를 유혹하고 괴롭히는 버로니카 슬레이터를 초조하게 기다렸다. 그 무엇도 더이상 나를 카토 마노르에 붙잡아둘 수 없었다. 사랑에 빠진 가슴은 비상을 꿈꾸는 법이다. 그 몸은 열정이 시키는 대로 움직인다. 운명적인 열정은 가장 위험한 것이다. 그보다 더 강력한 것은 없기 때문이다.

어머니는 내가 직장이 없는 다른 젊은이들처럼 매일같이 일거리를 찾아 시내에 나가 노동부 앞에 늘어선 긴 줄에 합류하는 줄로 알고 있었다. 어머니는 내가 그 소중한 시간을 애오라지 한 소녀를 보겠다는 열망으로 피를 끓이며 그 무더운 해수욕장에서 불편함도 아랑곳없이 더위와 먼지와 파리와 배고픔과 싸우고 있으리라는 생각은 꿈에도 하지 않았다. 가장 고귀한 여왕이 가장 미천한 백성의 사랑에 응답하듯, 그 소녀가 어찌할 수 없는 미친 듯한 내 애정공세에 관심을 보이기를 바라면서 말이다.

그러나 내가 무엇을 두려워하랴? 끈끈한 열기 속의 그 기다림의 시간에, 불타는 듯 해로운 대기 속의 기다림의 시간에, 오로지 죽음만을 유포하는 듯한 무자비한 오후의 권태에 힘이 빠질 대로 빠진 내가 과연 무엇을 두려워하겠는가? 물결치는 적갈색 더벅머리에 감싸인 그녀의 얼굴과 형언할 수 없는 슬픔이 서린 그녀의 살짝 처진 관능적인 입매를 보고 있노라면, 나는 마치 천국의 축복이 쏟아지는 곳으로 옮겨간 듯한 느낌을 받곤 했다. 그 순간의 행복을 위해서라면 그 정도 불편은 감수할 준비가 되어 있었다. 교통체증이 가장 심한 시간대에 버스를 타는 일도, 나보다 더 절박한 이유로 늦지 않게 시내에 들어가야 하는 다른 승객들의 팔과 팔꿈치에 밀리고 찍히는 일도 마다하지 않았다. 나는 오로지 집착이 명하는 대로 하고 있었다. 사랑이, 혹은 맹목적인 집착이 건전한 이성이나 정당화 따위를 필요로 하겠는가? 시내로 들어가는 길에 나는 잘 알아듣지는 못하지만 승객들이 쉴새없이 농담과 재담과 속내 이야기를 나누는 소음을 들었다. 나는 무언가가 존재의 핵심에 사로잡혀 간헐적으로 발작적인 마비를 일으키는 광인처럼 일체의 동요도 없이 앉아 있었다. 시끄러운 소음은 줄어들지 않고 내 주위를 계속해서 빙빙 돌았다.

우리 흑인들에게 버스를 타고 일하러 가는 길은 체험과 모험으로 연결된다. 다른 여느 곳과 마찬가지로 국회를 갖지 못한 사람들은 한무더기로 버려지기 마련이다. 시내로 들어가는 삼십 분 동안 버스는 정치적 견해를 전파하는 것은 물론이고, 현실에 대한 불만을 토로하거나 유용한 정보를 교환하는 거대한 공론장이 된다. 듣고 싶지 않아도 누가 감옥에 갔는지, 누가 출옥을 했는지, 누가 어떤 사업가의 마누라와 눈이 맞아 줄행랑을 쳤는지, 언제 경찰의 기습적인 수색이 있을지, 어떤 정치가가 어떤 시의원과 거래를 하는지 듣게 되는 것이다. 이 일은 매일 아침 반복된다. 놀라운 언변으로 기름칠한 뒷담화와 소문과 정보와 유익한 전문가의 조언 등이 넘쳐난다.

버스가 마침내 더반 버스정류장에 도착하면, 항상 무표정한 경찰 분대가 기다리고 서 있다가 승객들의 신분증을 조사한다. 통행증에 문제가 있는 승객, 도시 거주 허가기간이 넘어버린 승객, 특정한 직업이 없는 승객은 문제가 된다. 다시 말해, 나나 다른 수많은 사람들처럼 일 없이 빈둥거리거나 전과가 있는 사람들은 제지를 당하는 것이다. 그렇지만 그날 아침만큼은 소녀를 만나고자 하는 나의 욕망이 너무 컸기 때문에 하루나 이틀 경찰의 곤봉을 맞으며 유치장 신세를 지게 될지도 모른다는 썩 유쾌하지 않은 생각은 중요하지 않았다. 나는 경찰의 그물망을 피해갈 결심이었다. 버스 출입문 앞에 서자마자 나는 느닷없이 사지가 완전히 구겨지고 뒤틀리고 결딴난 절름발이 행세를 하면서 대기중인 경찰 옆을 지나갔다. 게처럼 옆으로 기면서 몸을 최대한 떨고 흔들었으며, 입에는 거품까지 물었다. 나의 주인인 백인들에게 동정심을 유발할 요량에서였다. 이렇게 성치 않은 몸으로 무슨 일을 할 수 있겠으며, 철창행을 당할 무슨 몹쓸 짓을 저지를 수 있겠는가. 나는 한술 더 떠 다소 과장된 자세로 손바닥을 쭉 펴고 동전 몇닢을 구걸하는 걸인 행세를 했다. 경찰이 나를 잠재적인 위험분자로 보지 않도록 하기 위해서였다. "한푼만 줍쇼, 나리! 한푼만 주십쇼!" 나는 이렇게 소리치며 막무가내로 경찰들의 일그러진 얼굴 앞으로 손을 들이밀었다. 그들은 재수없다는 듯이 손짓하며 빨리 지나가라고 소리쳤다. "썩 꺼져, 꺼져버리라고! 이 악취 나는 쓰레기 같은 송장아!" "고맙습니다, 나리!" 나는 절룩거리는 연기를 하고 그들을 재빨리 지나치면서 우물거렸다. "하느님께서 축복하시길, 나리! 주인님!" 그들의 시야에서 완전히 벗어나고서야 나는 똑바로 일어나 자세를 고치고 바르게 걸었다. 그러나 경계심을 늦추지는 않았다. 시내 구석구석에 박혀 있는 짭새들이 직업이 없는 나 같은 흑인들을 언제 덮칠지 모르기 때문이다. 마침내 해수욕장에 도착해서 그 깨끗하고 결 고운 하얀 모래와 넓게 여울진 하늘 아래 점점이 흩어진 진주처럼 반짝반짝 빛나는 바다의 물결을 보고서야 나는 법의 긴 손아귀에서 벗어난 것에 비로소 안도할 수 있었다.

해수욕장이라고 해서 실상 안심할 수 있는 것은 아니었다. 경찰들은 이곳까지도 손아귀에 넣고 있었다. 그렇지만 문제는 흑인들을 탄압하는 법을 희희낙락거리며 통과시킨 백인 시민들이 이 법이 자신들의 면전에서 집행되는 모습을 보는 것은 원치 않는다는 것이었다. 그 때문에 경찰은 백사장에 나타나기를 주저했다. 백인들은 경찰이 흑인들을 때리고 고문하는 일을 방조할 뿐 아니라 그것이 당연하고 심지어는 불가피하다고까지 생각했지만, 이런 잔인한 일이 사람들이 보는 앞에서 일어나서는 안된다고, 특히 수많은 외국인 관광객들이 보는 앞에서 일어나서는 더더욱 안된다고 생각했다. 외국인 관광객들이 우연히 흑인들이 붙잡혀 매를 맞는 모습을 보고 눈부시게 아름다운 남아프리카공화국에 대해 좋지 않은 인상을 받고 돌아갈까봐 저어했기 때문이다.

백사장에 도착한 나는 항상 가던 자리로 가서 흰 모래 위로 행복하게 몸을 던졌다. 그리고 두근거리는 마음으로 나의 은밀한 정부, 버로니카가 나타나기를 기다렸다.

일전에 나는 한 시간이고 두 시간이고 하염없이 이 소녀가 미풍에 갈색 머리칼을 나풀거리며 수평선 저 너머에서 날씬한 몸을 드러낼 때까지 무작정 기다리곤 했다. 어느 땐가는 그녀가 내 뒤쪽에서 느닷없이 나타나서는 엎드린 내 몸을 머뭇거리며 지나쳐 나의 해변과 그녀의 해변을 가로질러 흐르는 작은 개천을 건너간 적이 있었다. 그때 그녀가 내 바로 옆을 지나쳤기 때문에, 나는 매끄러운 목재처럼 부드럽고 매끈하며 털 없는 그녀의 다리를 그 섬세한 모공까지 엿볼 수 있었다. 뿐만 아니라 그녀의 몸에서 풍기는 향수 냄새는 물론이고 그 것이 뒤에 소문처럼 남기고 간 산장미 향기처럼 매혹적인 잔향도 맡을 수 있었다. 그녀는 손을 뻗으면 만질 수 있을 만큼 가까이에서 걸어갔다. 그렇지만 우리 둘 중 누구도 결코 먼저 말을 하면 안된다는 묵계를 파기할 의도가 없었다. 그녀는 그렇게 가까이 있었다. 가깝고도 먼 그 거리는 오히려 우리가 딴 세상에 와 있는 듯한 느낌마저 주었다. 우리는 서로의 몸에 시선을 고정하고 그 광경을 즐겼지만 결코 자신의 감정을 서로에게 말하지 않았다. 말이란 위험한 것이다. 한번 내뱉으면 결코 주워담을 수 없는 것이다. 치유할 수 없는 치명적인 상처를 줄 수도 있는 것이다. 소녀도 나도 이 사실을 너무나 잘 알고 있었다. 소녀는 인종이 다른 사람들이 실제로 성적인 행위를 하지 않아도 비도덕법(인종간의 성적 결합을 금지하는 법 — 옮긴이)을 어기려는 '공모'를 하는 것만으로 죄가 성립된다는 것을 잘 알고 있었다. 그 사실은 소녀와 나 모두에게 조심성과 경각심을 일깨워주었다.

이따금 나는 버로니카의 출현과 그 출현이 가져올 다소 불편하면서도 짜릿한 침묵의 유혹을 기다리는 사이에 설핏 졸거나 잠에 빠지곤 했다. 깨어나보면 어느새 그녀는 제자리에 와서 수건을 펼치고 누워 있었다. 갈색 팔에 머리를 괸 채로 나의 부주의함을 꾸짖는 듯이 불쾌감 어린 눈으로 나를 노려보고 있었다. 마치 내가 잠시나마 존 것이 자신에 대한 신의와

규율을 저버린 일인 양 말이다. 그러나 이러한 분노를 주기적으로 경험하는 일이 그녀만의 몫은 아니었다. 나 역시 그녀가 자신의 의무를 태만히할 때마다 굉장한 분노에 사로잡혔다. 한 번인가 두 번인가, 그녀는 우리가 매번 말없는 만남을 나누는 장소에 나타나지 않았다. 그때의 실망감은 너무도 커서 스스로도 놀랄 정도였다. 상처를 입었다는 느낌, 배신당했다는 느낌, 바람맞았다는 느낌이 그날 내내, 다음날까지 밤새 이어졌다. 그러면 그녀는 그 다음날 어린아이처럼 조심성없이 성큼성큼 발에 걸리는 조약돌을 차면서 해변에 나타났다. 그녀는 내가 그녀를 얼마나 미치도록 보고 싶어했는지 알고 있었다. 나를 바라본 순간, 그녀의 눈 속에서 용서를 간청하는 듯한 죄의식이 빠르게 스쳐지나감을 느낄 수 있었다. 처음에 그녀는 짐짓 모른 체했다. 담배를 피우기도 하고, 화려한 표지의 싸구려 소설책을 읽기도 했다. 그러다가 나와 우연히 눈이 마주치기라도 하면 내가 잔뜩 골이 나 있다는 사실을 분명히 감지했다. 나는 은근히 그녀가 내가 삐쳐 있다는 사실을 눈치채기를 바랐다. 그러면 그녀는 의아하다는 듯이 눈썹 끝을 들어올렸다. 분명한 것은 그녀 역시 만만치 않은 유머감각을 지니고 있다는 사실이었다. 그녀의 처진 입가에 어린 알 듯 말 듯한 미소가 그것을 입증했다. 그것은 그녀의 부재가 내게 얼마나 큰 고통을 주었는지를 잘 알고 있다는 미소였다. 바로 그런 순간에 그녀는 수건 위에서 아주 천천히 자세를 바꾸곤 했다. 자신의 풍만한 가슴을 맘껏 보라는 듯 내게 보다 충분한 시야를 제공했다. 그녀가 의도적으로 서서히 자세를 고쳐잡은 덕에 나는 킴벌리 광산에서 채굴되는 광석을 닮은 그녀의 젖꼭지를 타고 내려가는 정맥마저 눈으로 볼 수 있었다.

그날 아침, 버로니카가 오기를 기다리면서 나는 백사장에 누워 있었다. 죽어가는 짐승처럼, 나는 아무것도 보고 있지 않았다. 어두운 구름 뒤에 숨어 있던 태양이 갑자기 나타나 마치 무시무시한 열병이 퍼지듯 서서히 달아오르는 열기로 그 아래 있는 모든 것을 집어삼켰다. 한 시간이 흘렀다. 또 한 시간이 흘렀다. 그러나 그녀가 올 기미는 좀처럼 보이지 않았다. 태양은 종이처럼 얇은 하늘 아래 보석을 흩뿌린 듯 반짝이는 바다 위로 서서히 정점을 향해 떠올라갔다. 아주 미세한 바람에 야자나무 이파리가 흔들렸다. 바다에서는 소금과 미역 냄새가 진동했다. 낯설고 알 수 없는 정적을 깨는 것은 돌출한 바위에 부딪혀 소멸하는 것 같으면서도 무서운 정기를 그 밑바닥에 숨기고 있는 부드러운 파도소리뿐이었다. 키 큰 들풀 뒤에 웅크리고 숨은 짐승처럼, 나는 백사장에 누워 그녀를 기다리며 내 심장이 빠르게 뛰는 소리를 들을 수 있었다. 시간은 계속 흘렀고, 깨어지지 않는 긴장이 오래 지속되면서 내 신경을 무겁게 짓누르기 시작했다. 어느 순간 나는 새로운 종류의 공포와 절망에 압도되었다. 그녀가 오지 않으면 어쩌지? 어떻게 하루를 보내지? 어떻게 밤에 잠을 청하지? 이런 걱정이 나의 간절한 심장을 죄악처럼 옥죄기 시작했다. 그러나 조금만 더 침착해지려고 마음을 다잡았다.

갑자기 백사장 끝에 있던 커다란 시계가 열두시를 알렸다. 나는 졸고 있었다. 잠시 깨어났다가 나는 다시 졸았다. 다시 깨어나자 한시가 지나 있었고, 버로니카는 올 기미가 보이지 않았다. 절망감에 사로잡힌 나는 담배가게에서 벌어졌던 일을, 그 갑작스럽고 예기치 못한 만남을 어슴푸레 떠올렸다. 혹 그 일 때문에 오지 않는 것은 아닐까? 그녀가 겁을 먹은 게 틀림없다! 해수욕을 하던 사람들은 바닷가 호텔과 레스토랑으로 하나둘 돌아가고 있었고, 흑인 꼬마들이 그 뒤를 따라가며 버려진 시계나 분실한 보석을 건질 목적으로 모래사장을 샅샅이 뒤지고 있었다. 나는 계속해서 그곳에 구부정하게 앉아 있었다. 무릎을 감싸안은 채, 쾌속정 한 대가 빠르게 물살을 가르고 물결을 일으키며 지나가는 것을 보고 있었다. 조심성 없는 새의 꽁무니를 살금살금 쫓는 졸음이 덜 깬 도둑고양이처럼, 소금기 없는 바람이 느리고 졸린 오후의 열기 위로 불어왔다. 시계가 세시를 알렸지만, 소녀의 출현은 기약할 수 없었다. 나는 그날은 버로니카가 오지 않을 것임을 직감했다. 이런 생각에 이르자, 내 면전에서 갑자기 문이 쾅 소리를 내며 닫힌 것처럼 거대한 슬픔이 밀려오기 시작했다. 그것은 공허감이기도 했고, 분노 혹은 외로움이기도 했다. 갑자기 멀쩡하던 하늘이 어지럽게 물결치는 파도 위에서 어두워지기 시작했다. 보이지 않는 손이 휘젓기라도 한 듯, 내 눈앞에서 갑자기 바다가 요동치기 시작했다. 집채만한 파도가 해안을 때렸다. 포구에서는 짐을 실은 배들이 계속 경적을 울려대며 늦은 오후의 구슬픈

소리에 성마른 비탄을 보태고 있었다. 나는 갑작스럽고 단호하게 자리를 박차고 일어났다. 그러고는 어디를 향하는지도 모른 채 무작정 빠르게 걸었다. 걷다보니 공항 방향이었다. 모래와 돌투성이인 황무지를 지나고, 산업폐기물이 가득 쌓인 곳을 지나고, 또 아무것도 없는 공터를 지났다. 그제야 나는 깨달았다. 그쪽으로 가면 울창한 숲과 덤불 속에 외따로 서 있는 초록의 방갈로가 나온다는 것을. 다른 목적은 없었다. 그 영국인 소녀를 잠시라도 꼭 봐야만 했다.

20

　"그렇다면 그 방갈로 밖에 얼마나 서 있었나? 저주받은 인간처럼, 구원을 기다리면서 말일세." 초조하게 죄수복 소맷자락을 만지작거리는 내 모습을 보면서 뒤프레가 물었다. 그때 문앞에서 본 그녀와 그 뚱보의 모습이 지금도 눈에 선하다. 그자는 크고 두툼한 입술에 담배를 헐렁하게 문 채 그녀를 따라 나무계단을 내려오고 있었다. 그때 버로니카가 정문 밖에 있는 사과나무에 기대어 선 나를 보고는 놀라 소리를 지르려다 멈칫거렸다. 그러나 이미 때는 늦었다. 뚱보가 그녀의 시선을 따라 내 쪽을 보더니 험상궂게 인상을 찌푸렸다. 그가 이렇게 말하는 것이 들렸다. "저 카피르 놈은 뭐야? 저 자식 알아?" 그러자 버로니카는 거짓말을 둘러댔다. "아마 노숙자겠죠. 제가 그 많은 노숙자를 무슨 수로 다 알겠어요?" 나는 씁쓸한 미소를 지어 보였다. 백인 사내가 머뭇거리더니 말했다. "문단속 잘했지?" 그의 말투에는 심한 외국 억양이 배어 있었다. 그리스 아니면 레바논 사람 같았다. "걱정 마요, 씨드!" 버로니카가 얼굴을 붉히며 대답했다. "우리집에 뭐 훔쳐갈 게 있다고 그래요?" 그들은 정문 쪽으로 다가왔다. 버로니카가 내게 눈을 돌려 의아하다는 듯 잠깐 응시하다 내 눈을 피했다. 이어 뚱보가 적의가 가득한 눈으로 나를 쳐다봤다. 그는 소리쳤다. "여기서 뭐하는 거야?" 나는 자세를 고쳐잡았다. "아무것도 아닙니다요, 나리!" "그럼 여기서 당장 꺼져! 너 같은 놈들이 근처에 얼씬거리면 아가씨가 불안해하잖아! 알았어? 당장 꺼지라고. 안 그러면 경찰을 부를 테니까."

"씨드, 가요. 늦겠어요. 저 사람이 문제를 일으킨 것도 아니잖아요." 버로니카가 조급해하며 말했다. 그녀는 다시금 재빨리 내 쪽을 바라보았다. 쏟아지는 햇살 속에서 계속해서 깜빡이던 녹색 눈동자는 이따금 순수한 일몰을 닮은 자줏빛으로 바뀌기도 했다. 그 말을 하고 그녀는 앞장서 걷기 시작했다. 뚱보는 내가 따라오는지 확인하려고 연신 뒤를 돌아보며 그녀를 따라갔다. 그들이 공터에서 잘빠진 흰색 포르셰를 타고 전속력으로 선착장 쪽을 향해 달려가는 모습을 나는 물끄러미 지켜보았다.

"그래서 자넨 이걸 백인 여자의 방갈로에 침입할 기회로 삼은 거였구먼!" 뒤프레가 끼여들었다. "바로 이런 점이 자네가 지닌 광기란 말일세."

"그럴지도 모르죠. 잘 모르겠어요. 아무튼 그날 전 제정신이 아니었어요. 그녀가 그 남자와 함께 있는 것을 그전에는 본 적이 없었거든요. 충격이 이만저만이 아니었죠. 왜, 그런 것 있잖아요. 가장 아끼는 여자가 몰래 다른 남자를 만나는 걸 알았을 때의 느낌 같은 거요."

"아, 그러니까 자네는 질투를 한 거구먼!" 뒤프레는 탄식에 가깝게 숨을 내쉬었다. "그런 생각을 해본 적은 없나? 자네는 그 소녀에게 혼자서 가지고 노는 그림자에 지나지 않는다는 생각 말일세. 그리고 이런 생각은 어떤가? 그녀에게도 자신만의 삶이 있다는 생각 말일세. 또 뭐가 있을까? 그래, 백번 양보해서, 그녀에게도 최소한의 사생활이라는 게 있는 것 아닌가?"

"사실 그때까지만 해도 우린 연인 같았어요. 전 제가 남들보다 강렬하진 않을지 몰라도 최소한 남들만큼은 강렬하게 그녀에게 다가가고 있다고 느꼈어요. 물론 떳떳한 느낌이 아닌 건 알지만요."

뒤프레는 고개를 끄덕였다. "쉽게 말하자면, 완전히 돌아버렸다는 거지. 완전히 실성했단 말일세."

"그랬는지도 모르죠."

"그래서, 계속해보게. 그 소녀의 방갈로에 들어가서, 그래 무얼 보았나?"

"별것 없었어요. 침대와 서랍장, 옷장과 나무상자 같은 가구가 있는 지극히 평범한 방이더군요. 한 단짜리 책장과 별로 중요해 보이지 않는 사진 몇장도 있더군요. 아주 넓은 방이었습니다. 전 금방 그 방이 마음에 들었어요. 딱히 뭐라 꼬집어 말할 순 없지만, 나를 반기는 듯한 묘한 개방성 같은 것이 그 방에는 있었습니다. 그 방의 유일한 특색은 넓고 높은 침대였어요. 장식이 하나도 없는 하얀 퀼트 침대보 위에 부드러운 베개가 놓여 있었죠. 아주 아늑해 보이는 침대였는데, 놀라울 정도로 차분하고 깨끗하더군요. 독신녀의 방다웠어요. 무슨 일이 벌어진 기색은 없었습니다. 그녀와 뚱보가 사랑을 나눈 흔적도 없었지요. 당연하지만, 겁이 덜컥 나더군요. 누군가 제가 이 방에 숨어드는 걸 보았을까봐요. 그래서 그 방에 오래 머물러 있지는 않았죠. 저는 작은 문을 통해 부엌으로 갔습니다. 거기서 잘 닦인 그릇과 벽에 걸린 팬 등을 훑어보았죠. 그러고는 곧바로 욕실로 갔습니다."

뒤프레는 의자 팔걸이 부분을 손가락으로 톡톡 두드리며 내가 말을 잇기를 기다렸다. 그것은 그가 초조할 때 보이는 유일한 버릇이었다. 나는 더이상 그가 내 곁에 있다는 사실을 의식하지 않았다. 내 기억은 다시 버로니카의 욕실로 향했다. 나는 하얀색 대리석이 깔린 궁전 같은 버로니카의 욕실에 서 있었다. 그곳은 사방이 거울 천지였다. 그녀가 어디를 보더라도 그녀의 인격의 한 측면이 반사되어 그녀의 존재를 확인시켜줄 것 같았다. 나는 그녀의 사생활에서 가장 사적인 영역인 그 욕실 한가운데에서 구속과 자유를 동시에 느꼈다. 나는 내 안에 있는 끔찍한 이중성을 인식하고 있었다. 바닥을 알 수 없는 내 욕망의 깊이를 지각하고 있었다. 내 머리는 헤엄을 치고 있었다. 몹시 어지러웠다. 점점 고양되는 자각의 상태에서 벗어나기 위해서는 나를 둘러싸고 있는 물리적 세계로 재진입해야 했다. 발밑의 씨멘트 바닥과 부드럽고 하얀 융단과 깨끗하게 잘 닦인 욕실 벽을 느껴야 했다.

그러나 갑자기 시야가 이상해졌다. 욕실 벽이 꿈틀거리더니 눈앞에서 이상한 형체로 변하기 시작했다. 하얗게 칠한 무시무시한 감옥을 보는 것 같았다. 이 얼마나 기묘한 착시현상인가! 그런지도 모른다. 나는 정신을 차리려고 화장실에 있는 물건들을 똑바로 쳐다보면서 마음속으로 그것들을 하나하나 나열해보았다. 얼마나 시간이 흘렀을까. 나는 버로니카의 옷들을 보고 있었다. 어두운 핑크와 파랑, 초록의 나일론 잠옷들과 섬세한 수가 놓인 빈약한 브래지어와 나일론 스타킹이 빨래통에 내걸려 있었고, 샤워기 위 가로대에는 레이스 팬티가 정복자의 깃발처럼 내걸려 있었다. 세면대 주변에 널려 있는 칫솔과 눈썹연필, 향수병과 분첩, 그리고 립스틱도 보았다. 이 물건들이 이 집 주인에 대한 인상을 너무도 강하게 환기해서 나는 내가 일종의 망상과 애처롭게 투쟁하고 있다는 사실을 까맣게 잊고 있었다.

나는 마침내 돌아섰다. 그러자 어느 거울 너머로 내 얼굴이 흘끗 보였다. 나는 처음 본 사람의 얼굴이 거기에 비친 듯 놀라며 내 얼굴을 바라보았다. 그 얼굴은 날카로워 보였고, 광대

뼈가 불거져 있었다. 말끔하게 면도한 부드러운 턱이 단단한 목 위에 당당하게 자리잡고 있었다. 다소 처지고 여성적인 입은 씨비야 집안의 타고난 정직함이 배어 있어 외려 그 얼굴에 공격적인 남성성을 두드러지게 했다. 내 이마는 아버지의 이마를 닮았다. 무겁고 어둡고 부드러우며 정수리 근처까지 벗어진 이마였다. 나를 놀라게 한 것은 검게 이글거리는 눈동자였다. 너무도 투명해서 잠시나마 다른 사람의 눈동자를 보는 듯한 착각에 빠질 정도였다. 거울 속에 비친 내 얼굴에 정신이 팔려 있을 때 밖에서 웅성거리는 소리가 들려왔다. 개 짖는 소리도 들렸다. 누군가 소리쳤다. "매덜레인!" 남자의 목소리였다. 거칠고 피곤하고 조급한 목소리였다. 나는 숨을 죽였다. 그러자 이번에는 집 뒤쪽에서 누군가 자갈길을 조심스럽게 밟으며 다가오는 소리가 들렸다. 여자의 목소리가 들렸다. "우리 들어가서 아가씨가 돌아왔는지 볼까요?" 같은 남자의 목소리가 퉁명스럽게 대답했다. "뭣 하게? 집이나 잘 보면 되지." 나머지 대화는 목소리들이 동시에 들리고 개가 짖는 소리가 섞여 잘 알아들을 수 없었다. 나는 목소리들이 멀리까지 사라지기를 기다렸다가 재빨리 앞문 쪽으로 갔다.

21

그날 이후 나는 사흘 동안 바닷가에 나가지 않았다. 누군가에게 의지하는 습관을 단호하게 버리기로 굳게 다짐했다. 소녀에 대한 나의 관심이 단순한 호기심이 아니라는 점은 명백했다. 그것은 소녀와 내가 서로에게 어떤 해도 입히지 않으면서 시작한 일종의 게임 같은 것이었다. 그러나 그 게임은 나의 정신적 안정을 저해할 만큼 필연의 형태를 띠고 진행되었다. 그녀의 집에 잠입해들어간 일이 그 과정의 절정이었다. 그것은 위험천만한 일이었다. 누군가에게 걸렸다면 즉각 감옥행이었다. 나는 방향감각도 상실했고, 무기력했으며, 집중력도 떨어졌고, 백일몽을 꾸고 있었다. 나는 내가 언제 마지막 식사를 했는지도 까마득하게 잊고 있었다.

바닷가에서 그녀와 마주치기 전까지만 해도, 나는 특별한 목적 없이 마음의 즐거움을 얻을 요량으로 책을 읽었다. 그것은 내게 큰 위안이었다. 하지만 이제는 책을 집어들어도 그 의미가 머릿속에 들어오지 않았다. 내 마음은 이리저리 방황했다. 나 자신과 내가 읽고 있는 소설 속 등장인물들 사이에 그 소녀의 모습이, 백사장에 수건이나 돗자리를 깔고 누워 조롱하듯 몸을 이리저리 뒤채는 음탕한 그 소녀의 모습이 끼여들었다. 나는 가린 두 팔 뒤에서 하얀 횃불처럼 빛나는 그녀의 부드러운 젖가슴을 머릿속으로 상상했다. 도저히 그녀를 내 마음속에서 지울 수 없었다.

가장 견디기 힘든 것은 밤 시간대였다. 가끔은 어지러운 마음을 달래기 위해 슬럼가 골목을 거닐었다. 촛불을 켜놓고 케이크를 잔뜩 내다파는 노점 아주머니들이 가득한 버스정류장을 지나고, 움직임이 없는 파리떼처럼 어린 건달들이 어슬렁거리는 인도인 상점 앞을 지났다. 불 켜진 거리와 사람들과 그들의 움직임이 일련의 목적 없는 행위를 이루었다. 사람들은 어디에나 있었고 주체할 수 없이 시간이 남아돌았지만, 그 시간을 어디에 어떻게 써야 할지 알지 못했다. 카토 마노르의 어두운 동네들도 이제는 사람들이 떠나 텅 비고 그늘지고 음산해 연민을 느낄 정도였다. 그러나 그런 저속함과 너저분함에도 불구하고, 땀이 밴 길에서는 무언가 커다란 힘이 느껴졌다. 사람들은 길가를 빈둥거리고, 아이들은 잿빛 천막 뒤를 뛰어다녔으며, 늙은이들은 노구를 이끌고 문앞에 나와 거리에서 쉬지 않고 이어지는 여름날의 화려한 축제를 신기한 듯 훑어 보았다. 나는 칼날처럼 예리한 남자아이들이 나른한 여자애들의 낭창한 허리에 팔을 두르고 활보하는 것도 보았다. 중년의 아낙들이 창문을 활짝 열고 얇은 여름옷 너머로 풍만한 젖가슴을 내놓은 채 밖을 내다보는 것도 보았다. 이렇게 박진감 넘치는 삶은 어쨌거나 보기 좋고 놀라운 것이었다. 거리의 보기 좋은 것들은 낮게 내려앉아 모든 것을 음탕한 네온핑크색으로 달구는 하늘의 보기 좋은 것들과 잘 어울렸다. 졸리는 여름의 분위기는 갑작스레 원초적인 축제와 같은 그 무엇으로 깊어졌다. 그것은 육체와 움직임으로 무장한 이교도의 결코 사라지지 않을 힘과 같았다. 어쩌면 이 때문에 나는 영국인 소녀가 다시 보고 싶다는 터무니없는 열망에 마음이 더욱 아팠는지도 모른다.

나의 '금욕'은 삼일 만에 막을 내렸다. 나는 저항이 무의미하다는 것을 이미 알고 있었다. 다음날 나는 다시 바닷가에 갈 것이었다. 그리고 초록색으로 칠한 방갈로를 찾아가 소녀가 집을 나서거나 들어가는 것을 볼 때까지 주변을 어슬렁거릴 것이었다. 나의 저항은 예전과 마찬가지로 이미 끝나고 있었다. 바닷가와 멀어지고 소녀와 멀어지면서 나는 내 존재의 가치와 방향을 상실했음을 뼈저리게 느꼈다. 하지만 그보다 더 중요한 것은, 세상 전부가 말로 설명하기 힘들 만큼 아무짝에도 쓸모가 없다는 느낌이었다. 나는 대체 이렇게 더운 날 어디로 가는 것인가? 그곳에 가면 즐거운 일이라도 생긴단 말인가?

방금 전까지만 해도 나는 빠져나갈 수 없는 신선하고 강력한 감정에 사로잡혀 있었다. 그러나 이제는 사지를 타고 올라오는 무기력을 느끼고 있었다. 미처 깨닫지 못했지만 예전부터 그랬던 듯이 몸이 아파왔다. 영혼이 아파오는 것도 느꼈다. 콧구멍으로 축축하고 끈적끈적한 공기를 들이마신 것 같았다.

바닷가에서 그녀를 만났을 때, 우리는 어떤 말도 나누지 않았지만, 나는 항상 어떤 풍성한 공모의 힘을 느낄 수 있었다. 그런 순간이 오면 삶은 풍성하고 만족스러우며 엄청나게 아름답고 경이로운 기적처럼 보였다. 주변의 물리적인 환경도 누군가 지엄한 손길을 뻗어 어루만진 듯 산재한 아름다움으로 나를 사로잡았다. 길가의 돌멩이는 물론이고 건물에서도, 시내의 뒷골목에서도 억눌리지 않은 지성의 신비가 넘쳐흘렀다. 백인들은 그들의 개인적 잠재성과는 무관하게 무게와 힘을 지닌 듯 보였다. 간단히 말해, 그들은 영국인 소녀와 같은 세계에 살고 있었다. 같은 음식점에서 밥을 먹고, 같은 버스를 타며, 같은 공기를 마셨다. 이 사실은 내가 그간 부정해왔던 인간애를 그들과 함께 나누게 했다. 나는 백인들의 무의미함을 용서할 준비가 되어 있었다.

22

　다음날 나는 아침 일찍 백사장에 도착해 자리를 잡고 누웠
다. 성가대원의 미소처럼 맑고 단 한 차례의 깜빡임도 없이 한
군데를 아득히 바라보는 시선처럼 청초한 하늘을 배경으로 고
깃배 한 척이 잔잔한 푸른 물살 위에 둥실 떠가고 있었다. 신
선한 소금과 미역 향기를 가득 담은 이른 아침의 미풍도 청초
했다. 고요하고 습윤한 바다의 속삭임을 등지고 멀리서 빽빽
대던 자동차 소음도 가라앉았다. 미동도 하지 않는 야자나무
와 희미한 도시의 마천루는 아침 안개에 살짝 가려져 있었다.
저 먼 언덕에 자리한 테라스가 딸린 어두운 집과 아직 깨어나
지 않은 세상의 모든 것이 평화롭게 잠을 자고 있는 듯 보였
다. 다만 나만이 예외였다. 끊임없이 표류하는 파도의 탄식 아

래, 아직까지 죽은 듯 고요한 대기 속에 떠 있는 선창에서 짐을 선적하는 배가 이따금 금속성의 음악을 울렸다. 그러나 그보다 더 크고 애처로운 것은 쉬지 않고 떨리는 내 심장 소리였다. 일각이 여삼추였다. 바라보고, 희망하고, 희망하고, 또 바라보았다. 내가 할 수 있는 일이란 고작 기다리는 것밖에 없었다. 과연 그녀가 올까? 나는 초조함을 억누르려 애썼다. 하지만 늘 영국인 소녀가 불현듯 나타나 걸어내려오곤 하던 둔덕을 나도 모르게 힐끔힐끔 쳐다보는 일을 멈출 수가 없었다. 영국인 소녀는 그 길을 우아한 샌들을 끌며 태평하게 꿈꾸는 듯 걸어내려와 즐겨 일광욕을 하던 곳으로 가곤 했다. 그곳은 '유색인' 구역에서 그다지 멀리 떨어지지 않은 곳이었다.

열시가 되었지만 백사장은 여전히 우울하고 광막한 묘지 같았다. 그러다 아주 힘센 손이 휘젓기라도 한 듯 바다가 갑자기 부풀어오르고, 거품을 뿜으면서 온몸을 떨어댔다. 마치 큰 산 하나가 끊임없이 부서지면서 제 모습을 바꾸어가는 것 같은 모습이었다. 일정한 간격을 두고 파도는 해안으로 부서져오며 원초적인 함성을 질러댔다. 그것은 나의 동맥 속에서 뜨겁고, 거칠고, 살인적이고, 걷잡을 수 없이 뛰는 피의 맥박 같았다.

나는 내 심장 속 피의 고동을 듣듯이 파도의 굉음에 귀를 기울였다. 그때 소녀가 종종거리며 마치 깨진 유리를 피해 걷는 듯한 걸음걸이로 백사장을 향해 걸어오는 모습이 보였다. 그녀는 어깨를 드러낸 부드러운 재질의 빨갛고 노란 꽃무늬 원피스를 입고 있었으며 발목 위쪽에서 끈을 묶는 빨간색 샌들을 신고 있었다. 그리고 눈은 자신의 길고 맵시있는 다리를 보고 있었다. 그녀는 인사말은커녕 고개도 한번 끄덕이지 않고 나를 지나 자신이 늘 가던 자리로 걸어갔다. 그 옆에는 전설적인 표지판이 조롱하는 듯한 경고문을 품고 서 있었다. '**해수욕장—백인 전용**'

소녀는 그 자리에서 땅바닥에 수건을 펴더니 아무런 거리낌도 없이 옷을 벗고 비키니 차림으로 한동안 누워 있었다. 그러고는 최대한 햇볕을 쬘 양으로 몸을 이리저리 뒤채었다. 처음 삼십 분 동안 그녀는 나를 철저하게 무시했다. 그녀는 잡지를 몇권 빼들고는 건성건성 페이지를 넘겼다. 지루하고 불만스러운 표정이 역력했다. 이따금 마치 탈출의 가능성이라도 살피는 듯 바다 쪽을 바라보기도 했는데, 조막만한 옆얼굴과 호기심을 잃고 늘어진 입 때문에 뭔가 불길한 생각에 빠진 사람처럼 보이기도 했다. 잠시 후 그녀는 갑자기 재미난 놀잇거리가 생각난 아이처럼 벌떡 자리를 박차고 일어났다. 그러고는 재빨리 수영모자를 꺼내 머리에 쓰고 물가로 달려가서는, 발가락을 담가 물의 온도를 가늠해보더니 두려운 듯 발을 움찔거렸다. 그렇게 잠깐 동안 극적인 서막을 연출한 그녀는 아무런 예고도 없이 다가오는 파도 속으로 급작스레 뛰어들었다.

소녀의 수영 솜씨는 일품이었다. 움직임이 대담하고 빨랐으며, 자신감이 넘치고 유연했다. 마치 물 위에 둥둥 뜨는 코르크 마개처럼 물은 그녀를 가볍게 띄워올렸다. 그녀는 물속을 들락날락하기도 했고, 물 위에 떠 있기도 했으며, 위험천만하게도 다가오는 파도를 타고 그 속으로 사라지기도 했다. 그러면 그녀가 있던 곳엔 깊고 푸른 바다의 잔잔한 표면만 보였다. 그래서 그녀가 다시 내가 일광욕을 하고 있는 백사장 가까운 곳에서 물빛에 반짝이는 청동빛 사지를 드러내며 수면 위로 떠오르자 나는 가벼운 놀라움에 사로잡혔다. 그녀는 내 존재를 전혀 의식하지 않은 채 작은 개천을 건너 자신의 백사장으로 돌아갔고, 나는 동물적인 우아함을 지닌 그녀의 자태를 눈으로 좇으며 알 수 없는 분노가 치밀어올라 주도면밀한 생각을 떠올렸다.

이젠 끝내야 한다, 무슨 일이라도 벌여야 한다고 나는 생각했다. 그녀의 무관심이 나를 화나게 하고 있었다. 나는 뭔가 기이하고 아무도 예상하지 못한, 어리석다면 어리석은 방식으로 체면이라는 것의 면상을 후려치고 싶었다. 그것은 우리 둘을 한울타리 안에 가두어놓을 뿐 우리의 개인적인 고통에 대해서는 모른 체했다. 인종과 인종을 가르는 우리나라의 온갖 악법의 비호 아래 내가 가닿을 수 없는 거리에 있는 여성을 나는 온종일 그저 바라보기만 해야 했다. 나는 그녀의 주목을 끌되 다른 백인들은 결코 눈치챌 수 없는 음모를 꾸미기 시작했다. 그들은 외톨이 영국 소녀와 달리 유색인 해수욕장과 안전한 거리를 유지하며 해수욕장 이곳저곳에 삼삼오오 모여 있었다. 나는 내가 생각할 수 있는 모든 것을 시도했다. 달리기도 해보았고, 감탄할 만한 공중제비도 해보았으며, 정말이지 우스꽝스러운 모양으로 몸을 꼬기도 했고, 옆으로 재주넘기도

해보았다. 오로지 소녀의 관심을 끌어보겠다는 일념으로 되지도 않는 일들을 벌였다. 심지어는 물속에 뛰어들어 수중발레에서 사람들의 박수를 이끌어낼 법한 도무지 불가능한 묘기를 선보이려고도 했다. 그러나 이 모든 수고에도 불구하고 내가 그녀에게서 받은 것은 곡마단에서 공연을 하는 동물들이 받을 법한 인정 그 이상도 이하도 아니었다. 그 무엇도 소녀의 진지한 관심을 끌어내기에는 뭔가 모자란 듯했다. 그녀에게 나의 기교는 주인보다 앞장서서 쫄랑대며 달려가는 작은 강아지의 애교에도 미치지 못했다. 나는 바닷가에 빠진 고무공을 절묘하게 건져올리는 강아지보다도 못한 존재였다. 결국 기가 꺾이고 당혹감에 휩싸인 나는 깨닫기 시작했다. 버로니카는 지금 자신이 매우 잘 아는 게임을 나와 즐기고 있다는 사실을 말이다. 말도 안되게 지독한 무료함 때문에 벌어진 측면도 없지 않지만, 그녀가 하는 일이란 종국에는 남자를 꼬드기는 일이었다. 순간 퉁명스럽고 어수룩한 얼굴을 한 그 뚱보 백인 남자가 나의 뇌리를 스쳤다. 어쩌면 그 역시 버로니카의 심심풀이 땅콩일지도 모른다. 버로니카가 그에게 아무렇지도 않게 둘러대던 거짓말이 떠올랐다. 그가 버로니카에게 나를 아느냐고 물었을 때 그녀는 몰염치하고 뻔뻔스럽고 부정하게도 이렇게 말했다. "제가 그 많은 노숙자를 무슨 수로 다 알겠어요?" 일말의 양심의 가책도 없이 뱉어낸 과감한 거짓말이었다. 그녀는 내가 자신의 거짓말을 반박할 힘이 없다는 것을 잘 알고 있었다. 버로니카 같은 여자들은 어떻게 하면 불필요한 싸움을 피할 수 있는지 잘 알고 있었다.

뜨겁게 내리쬐는 늦은 아침 햇살 사이로 나는 그녀를 응시하면서 오래된 구전가요를 흥얼거리기 시작했다. "우리집 대문이 싫거들랑, 얼쩡거리지 말고 꺼져버려요! 내가 심은 나무가 싫거들랑, 그 열매를 따지 마세요!" 그녀는 여전히 바다를 바라보며 나를 모른 체하고 있었다. 그러다가 갑자기 브래지어끈을 어깨 아래로 느슨하게 끌어내려 동그랗고 풍만한 가슴을 감질나게 보여주었다. 그녀의 하얀 가슴 꼭대기에는 탐스러운 갈색의 젖꼭지가 달려 있었다. 그녀는 이 동작을 마치 유명한 영화배우가 행진을 하듯 격식있게 수행했다. 그녀는 가슴을 깔고 엎드렸다. 자신의 몸무게에 눌린 젖가슴이 다소 불편해 보였다. 그제야 그녀는 얼른 자기 모습을 한번 보라고 말하는 듯이 내 쪽으로 슬쩍 눈길을 주었다. 이 부드러운 자기노출은 분명 나를 위한 것이었다. 약간 처진 그녀의 관능적인 입술 주위에 흐르는 미소와 무책임한 욕망을 머금은 암시적이면서도 매혹적인 표정을 보면서 나는 그 점을 확신할 수 있었다.

그녀가 보여준 장난스럽고 갑작스러운 미소는 내게 일종의 신호였다. 햇볕에 그은, 차분하면서도 얼이 나간 것도 같은 그녀의 이목구비를 보면서 나는 새로운 고통이 솟아오름을 느꼈다. 나는 망연자실한 채 그녀의 미소를 바라보았다. 그 미소에는 타고난 끼와 색욕이 같은 비율로 배합되어 있었다. 그것은 마치 순식간에 켜졌다가 어둠속으로 홀연히 사라져버리는 허무한 성냥불과도 같았다. 이글거리는 그녀의 초록색 눈은 짧게 깜빡거릴 때마다 노랗고 붉은 불꽃이 튀었다. 마치 눈동자가 있어야 할 자리에 반짝반짝 빛나는 동전 두 닢이 대신 들어선 것 같은 눈이었다. 그녀는 그 불가사의한 눈으로 나를 곁눈질하며 나를 옴짝달싹 못하게 만들었다. 나는 압정에 찍혀 벽에 박힌 채 꿈틀거리는 한 마리 벌레였다. 나는 수세에 몰려 그녀의 시선을 받았다. 그녀의 끈질기고 음흉한 응시에 내 영혼의 중심을 관통당한 듯 무기력했다. 그렇지만 내가 할 수 있는 일은 오로지 그녀의 시선을 되받는 것뿐이었다. 나는 완전히 혼돈 속에 빠졌다. 뜨거운 열기 또한 나와 그녀 사이에서 막 고개를 들기 시작하는 흥분을 가라앉히기는커녕 불안한 느낌만 더욱 키웠다. 나와 그녀는 몇분 동안 서로의 눈을 찬찬히 들여다보았다. 우리는 결단코 말을 사용하지 않고 시선만을 주고받았다. 눈으로 말이다. 그것은 매우 의미있는 행위였다. 그것이 전부였다. 우리는 눈으로 사랑을 나누었다. 그 점은 분명했다. 우리는 눈으로 서로 이야기를 나누었다. 우리는 눈으로 서로의 배신을 질타하고 우리의 분리와 인공적인 격리라는 비극에 항의했다.

그때 갑자기 믿을 수 없는 일이 벌어졌다. 버로니카가 전에는 한번도 한 적이 없는 행동을 보이기 시작했다. 그녀는 자신의 눈을 내 눈에 고정한 채 입술을 움직였다. 처음에는 아주 서서히, 망설이는 듯이 움직였다. 그러다가 시간이 지나자 점점 과감해지면서 나의 반응을 살피기 시작했다. 그녀는 뜨거운 성교를 나누며 사지에 힘을 잔뜩 모아 상대의 몸을 껴안고 경련을 일으키는 것처럼 입을 움직이고 있었다. 나는 그녀의 솔직한 행위에 깜짝 놀랐다. 그녀는 넓게 연지를 바른 반쯤 벌린 입으로 달걀 모양을, 숫자 0 모양을, 오메가 모양을 만들었다. 입술을 앞으로 쭉 내밀어 키스를 하는 모양도 만들어냈다. 눈에서는 뜨거운 욕정이 들끓고 있었다. 오르가슴에 가까워질수록 그녀는 천한 짐승으로 변해가고 있었다. 나 역시 갑자기 긴장이 풀어지기 시작했다. 이것은 분명 두 사람이 필요한 게임이었다. 겨우 20미터밖에 떨어져 있지 않은 곳에서 그녀는 침을 흘리는 둥근 구멍 속으로 나를 계속 끌어들이고 있었다. 나는 내 젖은 혀를 그곳에 밀어넣는 상상을 했다. 그녀의 도발에 응해 내가 나설 차례였다. 나는 입술을 내밀고 혀를 밖으로 꺼냈다. 그러고는 그것을 이리저리 돌려대며 흥분한 성기를 핥는 모양을 저급하게 흉내냈다. 나를 주시하던 버로니카의 눈이 순간 감전이라도 된 듯이 더욱 커졌다. 이번에는 그녀가 서서히 엉덩이를 움직이기 시작했다. 눈에 보이지 않는 왕의 음탕한 제안을 받아들인 무희가 배꼽춤을 추듯 음란하게 엉덩이를 돌려댔다. 상스럽게 물결치는 듯한 움직임이었지만, 믿을 수 없을 만큼 미묘해서 20미터 밖에서 우리를 보는 사람들은 도대체 우리가 무슨 짓을 하는지 알 수 없을 정도였다.

그녀는 자신의 백사장에 누워 나를 마주보고 있었다. 나는 내 쪽 백사장에 누워 그녀를 마주보고 있었다. 그녀는 배 근육을 움직일 때도 나를 향한 시선을 거두지 않았다. 이제 그녀의 눈은 순수한 액체로 변해 당장이라도 나를 향해 촉촉한 한 쌍의 굴처럼 흘러올 것 같았다. 우리는 그 누구도 감히 상상할 수 없는 연기를 펼치고 있었다. 꾸밈없고, 자극적이며, 기대치 않은, 고통스러운 연기였다. 땀방울이 내 얼굴에서 뚝뚝 떨어졌고, 내 등은 당장이라도 뛰쳐나갈 태세의 수퇘지처럼 둥글게 휘었다. 버로니카의 입은 위험하고 부정한 쾌락에 물든 미소로 벌어져 있고, 그녀의 붉은 혀는 반짝이는 하얀 이를 애무하듯 움직였다. 그녀는 성교를 불안하게 흉내내며 천천히 몸을 움직였고, 방아를 찧듯 엉덩이를 돌려댔다. 그 모습이 내게 참을 수 없는 욕정을 불러일으켰다. 이따금 그녀는 손을 아래로 뻗어 아슬아슬한 비키니 위를 어슬렁거리다 천천히 자신의 음부를 쓰다듬었다. 아주 가볍게, 되풀이해서 자신을 애무했다. 흡사 신들린 사람의 느릿한 움직임처럼 엉덩이와 배를 계속해서 돌렸다. 어디에도 비할 바 없이 강렬하고 성적인 춤이었다. 나는 거의 정신을 차릴 수 없을 지경이었다. 처음으로 그녀가 내게 자신의 육체를 순순히 바친 것이었다. 마치 내게 굴복하겠다는 말을 입 밖으로 내기라도 한 듯이 말이다. 그녀는 분명 완벽한 무희였다. 그녀의 기교를 보면 분명했다. 그녀는 전혀 서두르지 않고 단계적으로 자신을 애무했다. 처음에는 팔을, 다음에는 젖꼭지를, 그다음에는 날씬한 배와 길고 잘 빠진 다리를 애무했다. 자신의 몸을 애무하는 그녀의 손길은 깃털처럼 가벼웠다. 놀라운 원시적인 관능을 일깨우는 이교도적인 동작을 취할 때는 재빠르기도 했다. 그녀는 그러는 동안에도 내게서 시선을 떼지 않았다. 마치 조롱하는 듯한, 최면을 거는 듯한 눈빛이었다.

내겐 너무 가혹한 일이었다. 나는 더이상 긴장을 유지할 수가 없었다. 오, 사악한 악이여! 허영 중의 허영이여! 부끄러움과 수치여! 내 성기는 취약하고 무의미한 열정으로 단단하게 솟아올라 있었다. 버로니카는 이미 이 게임의 상황을 알고 있었다. 내 모습을 보자 버로니카는 흥분의 도가니에 빠져들었다. 이제는 나도 서서히 몸을 움직이기 시작했다. 우리는 즉흥적인 성행위의 리듬에 맞춰 방아를 찧듯 긴장 속에서 함께 몸을 움직였다. 서로에 대한 갈망이 너무나 큰 나머지 누군가가 우리를 지켜볼지도 모른다는, 서로 만지지 않고 팬터마임처럼 이루어지는 우리의 음탕한 성교를 누군가 보고 제지할지도 모른다는 생각조차 할 수가 없었다. 내 머릿속에서 무언가가, 너무 오랫동안 나를 위협하던 무언가가 폭풍처럼 불어쳤다. 마치 나를 뿌리부터 흔들어대던 무지막지한 힘이 폭발하는 것 같았다. 같은 순간 버로니카도 그녀의 목구멍 속에서 목 졸린 짐승 같은 소리를 내뱉었다. 그녀의 흰자위는 마치 접시에 담긴 두 개의 달걀처럼 위로 뒤집혀 있었다. 그녀의 몸은 거대한 공포에 맞닥뜨린 듯 경련을 일으키고 있었다. 우리는 함께 절정을 경험했다. 그것은 우리를 갈라놓는 금지와 금기의 공간을 가로지르는 구역질나는 육체가 이끌어낸 것이었다. 나는 그녀의 얼굴이 오르가슴으로 지독하게 일그러지는 것을 볼 수 있었다. 그녀는 배를 움켜쥔 채 자신을 붙잡는 어떤 손아귀에서 벗어나려는 듯이 몸을 뒤틀더니 갑자기 수건 위로 쓰러졌다. 그러고는 영원처럼 느껴지는 시간 동안 상처입은 짐승처럼 가만히 누워 있었다. 그녀의 눈빛은 바뀌어 있었다.

　태양의 열기와 금수 같은 게임의 과도함에 지친 버로니카는 이내 잠에 빠져들었다. 그러나 나는 이것이 불길한 징조임을 알았다. 내가 의도적으로 절정에 오른 것처럼, 그 증거는 명확했다. 그것이 버로니카와 나 사이에 일어난 일이었다. 아파르트헤이트? 우리는 아파르트헤이트를 무찔렀다. 우리는 마침내 서로 접촉하지 않고도 사랑을 나누는 방법을 완성한 것이었다. 그것은 마치 텔레파시를 나누는 두 매체가 빈 공간을 이용해 서로에게 성적인 전파를 주고받는 것과 같았다

23

법정에서 버로니카는 거짓을 고했다. 그녀가 너무도 쉽고 너무도 수월하게 거짓말을 해서 처음에 나는 다만 당혹스럽고 믿기지 않을 뿐이었다. 그러나 무엇보다 놀라운 것은 백조처럼 우아하고 아름다우며 열정적이면서도 신비로운 그녀의 자태였다. 그녀는 증언대로 걸어들어와 매끈하고 고운 깃털을 지닌 새처럼 몸을 떨었다. 그녀의 눈은 상처입은 짐승처럼 텅 비고 기진해 보였다. 그 눈은 영락없는 피해자의 눈이었으며, 자연히 방청석을 채운 숱한 백인들에게 분노와 동정을 불러일으켰다.

마침내 버로니카는 날씨 이야기로 입을 열었다. 그 찜통 같은 더위 때문에 자신의 육체가 마비될 지경이었다고 말했다.

자신이 입은 옷에 대해서도 자세하게 언급하면서, 그 하늘하
늘한 속옷을 얼마나 빨리 벗어던지고 싶었는지 이야기했다.
아울러 소박하고 그림 같은 그 방갈로의 매력적인 모습에 대
해서도 생생하게 공들여 묘사했다. 불행하게도 그 방갈로가
호젓한 곳에 있었다는 사실과, 그녀 자신이 일체의 사회적 관
계로부터 고립되어 있었다는 진술도 덧붙였다. 그녀는 또한
바다에 대한 자신의 사랑과 바다의 치유력, 그리고 바다에 대
한 자신의 꺼지지 않는 열정 따위에 대해서도 언급했다. "문
제의 그날 오후에, 재판장님." 버로니카는 증언했다. "전 바닷
가에서 막 수영을 마치고 방갈로로 돌아왔습니다. 날씨가 무
척 더웠던 걸로 기억합니다. 집에 도착했을 때는 얼른 옷을 벗
고 몸을 식혀야겠다는 생각뿐이었어요. 온몸의 땀구멍이란 땀
구멍에는 땀이 송골송골 맺혀 있었지요. 입고 있던 옷도 다 축
축하게 젖어 몸에 착 달라붙어 있었습니다. 전 태양의 압박에
짓눌려 완전히 녹초가 되어 있었어요. 방갈로에 도착했을 때
는 현기증이 일어 문앞에 있는 계단도 보이지 않았으니까요.
저는 문을 열고 방에 들어서자마자 옷부터 벗어버렸어요." 버
로니카는 속내를 털어놓기 시작했다. "전 제가 무엇을 하고
있는지 전혀 몰랐습니다. 그저 그 순간 그곳이 어디든 몸에 걸
쳤던 것들을 하나하나 벗어던져야 한다는 생각뿐이었지요. 그
것들을 집어들고 정리할 힘도 없었어요. 옷과 브래지어와 바
지 등을 아무렇게나 벗어놓았죠. 거실이 아주 시원하고 상쾌
해서 저는 그대로 침대에 몸을 던졌습니다. 물론 완전히 나체

였지요."

버로니카가 너무도 열정적으로 자신의 몸에 대해 자세히 설명하자 카크메카르는 불편한 듯한 표정을 지었다. 그는 판사와 대중 앞에서 버로니카를 완전무결한 순수와 정숙, 미덕과 수줍음의 상징으로 만들고자 했다. 그러나 버로니카는 다른 생각과 열정을 가지고 있는 듯 보였다. 그녀는 자신의 가장 사적인 부분을 상세하게 드러내는 데서 특별한 기쁨을 느끼는 사람 같았다. 그녀가 견딜 수 없을 정도로 더운 날씨와 그로 인한 감각적 고통, 그리고 육체적 방기에 대해 길게 설명해나가자 방청객들이 웅성거리며 그녀의 모습을 조금이라도 더 잘 보기 위해 서로 다투었다. 카크메카르는 인상을 찌푸리며 말했다. "방갈로에 들어선 다음 문을 잠갔나요, 슬레이터 양?"

버로니카는 희미한 미소를 지어 보였다. "글쎄요 검사님, 전 그때 정말 정신이 없었습니다. 상상할 수 있으실 거예요. 평상시 같으면 옷을 벗을 때 절대로 문을 열어놓지 않습니다. 그런데 그날은 정말 더위를 먹었나봐요. 기상청에서도 그러더군요. 그날이 22년 만에 최고로 무더운 날이었다고요. 날아가던 새들도 지붕 위로 툭툭 떨어졌으니까요. 아마도 제가 주의력을 잃었던 게 분명합니다." 그녀는 그렇게 말하면서 당장이라도 다시금 옷을 훌훌 벗어던질 준비를 하는 듯 보였다. 바로 그런 점이 그녀가 지닌 마력이었다. 그녀가 하는 말이 거짓말에 가까우면 가까울수록, 나는 점점 더 그녀에게 매혹되었다. 그녀의 진술이 계속되는 동안 나는 단 한시도 이 백인 여자에게서 눈을 뗄 수 없었다. 고통스럽게 중단된 그녀와의 성관계만큼이나 나는 환상과 거짓의 사슬에 매여 있었다. 그녀는 침착하고 맑은 정신으로 증언대에 서서 이야기를 꾸며내는 자신의 천부적인 능력을 즐기고 있었다. 그런 그녀는 마치 보이지 않는 불꽃에 영원히 불타고 있는 여자처럼 보였다.

카크메카르는 자신의 자료를 뒤적거렸다. 페이지를 넘길 때마다 손가락에 침을 묻혀가며 이리저리 빠르게 펄럭거렸다. 그러다 손을 멈추고는 소녀를 보았다. "그리고 나서 잠이 들었나요, 슬레이터 양?" 그것은 거의 간청이었다.

"그럼요, **틀림없이** 잠에 빠졌을 거예요!" 버로니카는 즉각 대답했다. "틀림없어요. 그다음 일이 잘 기억나지 않는 걸 보면 전 분명 곯아떨어졌던 거예요. 그러다 무슨 소리가 나서 눈을 떴는데, 무언가 방 안에서 왔다갔다하더군요. 전 꿈을 꾸고 있다고 생각했어요. 그런데 이 원주민이 제 침대맡에 서 있더군요. 아주 거칠게 번득이는 눈빛이었어요. 마치 잠자는 남자와 정을 통한다는 매혹적인 마녀라도 본 듯한 눈빛이었지요. 처음에는 아무 생각도 들지 않았어요. 도대체 꿈인지 생신지, 아무튼, 솔직히 아무것도 믿을 수 없었어요. 정말 끔찍했어요! 전 완전히 발가벗고 있었어요. 전혀 정돈되지 않은 넓은 침대 한가운데 말이에요. 그런데 갑자기 어디서 온 줄도 모르는 원주민이 떡 버티고 서서 저를 노려보고 있더란 말이죠. 마치 제가 무슨 양고기라도 되는 양 말예요. 저는 너무 놀라서 제 벗은 몸을 가릴 생각도 못했어요."

버로니카는 대단한 이야기꾼이었다. 그녀는 인간의 심리를 꿰뚫고 있었다. 어떤 이야기가 군중의 흥미를 이끌어내는지 본능적으로 알고 있었다. 적절한 때를 아는 감각과 긴장을 이끌어내는 천부적이고 섬세한 기술도 갖추고 있었다. 그리고 상황에 따라서는 청중이 이야기의 절정을 기대하며 기다리게 만드는 탁월한 재능도 겸비하고 있었다. 이야기꾼으로서 그녀는 진정 비범한 능력의 소유자였다. 그 생생한 증거로, 그녀는 수컷이 지닌 욕정의 참담한 희생자 역할을 매우 훌륭하게 소화해냈다. 문제의 그날 오후 그녀의 외딴 방갈로에서 벌어진 우리의 중요한 육체적 격투에 대해 진술할 때, 그녀는 사악할 정도로 창조적이었고, 수다스러웠으며, 정열적이었다. 판사와 변호사는 물론 방청석에 들어찬 흑백의 청중까지도 이 외롭고 가련한 백인 여성이 그 무시무시한 위험 속에서 받았을 고통을 생각하며 동요하는 모습이었다. 어두침침한 법정은 기대에 찬 고요에 휩싸여 있었다. 그리고 그 고요는 버로니카가 성폭행에 대해 자세히 묘사할 때마다 터지는 청중의 탄성 때문에 깨지곤 했다.

"전 물론 소리를 지르려고 했습니다." 버로니카는 회상했다. 그녀는 뭔가 흥미로운 생각이 떠올라 말을 더듬는 사람처럼 똑같은 말을 몇번이나 반복했다. "전 비명을 지르려 했지만, 입 밖으로 소리가 나오지 않았습니다. 정말이지 어떤 악몽보다도 더 끔찍했어요. 그 일을 생각하면 지금도 소름이 돋으니까요. 전 더위에 완전히 지쳐 있었고, 눈을 떠보니 이 원주민이 제 몸 위에서 손가락을 놀리고 있었어요. 마치 대단한 음악가가 바이올린을 연주하듯이 제 살갗을 어루만지고 있었죠."

이야기가 예기치 않은 방향으로 흐르자 몇몇 사람들이 낄낄거리며 웃기 시작했다. "조용히 하세요!" 법정 관리의 명령이 떨어지자 버로니카는 이 적절한 개입에 화답이라도 하듯이 고개를 끄덕이더니 말을 이어갔다. "존경하는 재판장님, 그때쯤 되니까 이 원주민이 흥분을 하는 모습이 역력하더군요. 장거리를 달린 사람처럼 호흡이 가빠지고요. 바로 그때 저는 처음으로 공포를 느꼈어요. 목구멍이 타들어가기 시작했죠. 내가 위험에 빠져 있구나 하고 실감할 즈음, 이 원주민이 갑자기 위협적으로 변하기 시작했습니다. 이자는 손으로 제 허벅지를 꽉 붙잡고 있었는데, 제가 소리를 지르려고 하자 저를 깔아뭉개며 제 얼굴에 대고 소리를 질렀어요. '소리지르면 알지? 죽여버릴 테야!' 분명히 그렇게 말했어요. 이자는 또 손에 무언가를 들고 있었는데, 칼인 것 같았습니다. 시키는 대로 하지 않으면 큰일이 날 게 분명했어요."

버로니카는 천성적으로 환상을 좋아하는 여자였다. 증언대에 선 그녀는 찬란하고 눈부셨다. 그녀의 목소리에는 거친 금속성과 부드러움이 교차했다. 그녀의 떨리는 흰 살덩이는 바로 내 눈앞에서 물결치는 것처럼 보였다. 나는 다시 한번 백사장에서 만난 소녀의 모습을 떠올리지 않을 도리가 없었다. 내 움직임에 맞춰 완벽한 리듬으로 자신의 입술을 움직이던 그 모습을 말이다. 목이 비틀려 죽어가는 짐승이 목구멍 안쪽에서 간신히 내지르는 듯한, 오르가슴에 이른 신음이 다시 들리는 것 같았다. 나는 그녀의 풍부한 표정에 압도되었다. 그것은 예술가가 자기를 창조해내는 순간의 열정적인 몰입을 닮아 있었다.

"이 원주민이 자신이 원하는 바가 무엇인지 당신에게 말했나요, 슬레이터 양?" 카크메카르의 목소리가 멀리서 아련히 들려왔다. 그 목소리는 부드럽고, 나른하고, 격려하는 듯했다. "제 말은, 그가 일자리를 구하려는 사람처럼 보였느냐는 뜻입니다."

버로니카는 이 질문을 받고 처음에는 적잖이 당황한 듯 보였다. 그다음에는 고독하고, 버려지고, 심하게 혹사당한 사람처럼 보였다. "아닙니다, 검사님!" 그녀는 대답했다. "그 반대입니다. 그는 절대 일거리를 찾는 사람처럼은 보이지 않았어요. 뭘 원하느냐고 제가 직접 물었거든요. 그런데 묵묵부답이었어요. 저는 겁에 질려서 다시 물었죠. '도대체 뭘 원하는데요?' 그러자 원주민은 저를 보고 그저 미소만 짓더군요. 야생동물이 얼굴을 찌푸리는 것 같은 끔찍한 미소였어요. 그리고 제 한쪽 가슴을 계속 만지고 제 민감한 곳을 만졌어요. 전 그 눈을 결코 잊을 수가 없습니다. 당장이라도 얼굴에서 튀어나올 것만 같았지요. 그는 그리고 음식을 삼키기 힘든 사람처럼 계속해서 목을 씰룩거렸어요. 이따금 굶주린 듯 혀로 자신의 잿빛 입술을 핥기도 했지요. 대체 이게 웬 떡이냐며 자신의 행운을 믿지 못하겠다는 표정이었죠." 이 지점에 이르자 버로니카는 말을 이어가기 힘들다는 듯 숨을 골랐다. 그러자 카크메카르가 다시 입을 열어 그녀를 격려했다. "계속하세요, 슬레이터 양. 이번 사건이 당신에게 얼마나 끔찍한 일이었는지 잘 압니다. 그럴수록 재판장님께 사건의 진상을 소상히 말씀드려야 합니다."

"그뒤에 일어난 일은 모두 악몽 같았어요. 원주민이 옷을 벗기 시작하더군요. 그가 무슨 짓을 할 작정인지 알게 되자 저는 너무 무서워서 나무 이파리처럼 덜덜 떨었어요. 저는 그에게 제발 아무 짓도 하지 말아달라고 간청했죠. 제 집에 있는 건 무엇이든 가지고 가도 좋으니 제발 저를 그냥 놓아달라고요. 상황이 이렇게 되자 눈물이 나더군요. 저는 어찌할 바를 모르고 흐느껴 울면서 그에게 다시 간청했어요. 집에 있는 건 무엇이든 가져가도 좋으니 제발 저를 그냥 놓아달라고. 그런데 끔찍하게도 원주민은 제 간청에는 아랑곳하지 않고 자신의 그 큼직하고 검은 물건을 불쑥 꺼내더군요. 그러고는 즐거운 듯 그걸 손으로 문지르더니 일을 치를 준비를 했어요. 제 피는 얼음처럼 꽁꽁 얼어붙었죠. 저는 그때 분명히 구토를 했을 거예요. 눈앞에 있는 모든 것이 갑자기 **새카맣게** 변하더군요. 이자가 그 물건을 제 속에 밀어넣는 건 상상조차 할 수 없었어요. 하지만 막을 방법이 없었죠. 이자는 입에 게거품을 물면서 말 그대로 제 위에 올라탔어요. 그러고는 다리를 강제로 벌리고 계속 자기 물건을 밀어넣었어요! 정말이지 너무 끔찍해요!"
버로니카는 몸을 벌벌 떨더니 두 팔에 얼굴을 묻고 증언대에 쓰러져 참을 수 없는 듯 눈물을 펑펑 쏟았다. 진정 훌륭한 연기였다. 한 무리의 백인들이 자리에서 벌떡 일어섰다. 내 검은 몸을 덮치기 위해 당장이라도 방청석을 넘어올 태세였다. 그러나 법정 관리의 명령에 따라 그들은 분을 삼키며 자리에 다시 앉았다. 곳곳에서 백인들이 웅성거리는 소리가 들렸다. "더러운 원숭이 같은 새끼!" 누군가는 큰 소리로 고함을 치기도 했다. "저 검둥이 놈을 당장 때려죽여!"

이 이야기는 겨우 한톨의 진실만을 담고 있음에도 불구하고 법정을 완벽한 침묵 속에 빠트렸다. 카크메카르조차 그토록 무자비한 폭력을 동원해 백인 여성의 육체를 더럽힌 내 범죄의 극악함에 기가 막혔다. 그 뚱뚱한 검사는 버로니카를 바라보면서 이 원주민 강간범의 손아귀에서 그녀가 얼마나 큰 고통을 겪었을지를 생각하는지 잠시 아무런 움직임도 없었다. 잠시 후 그는 무시무시한 악의 화신이라도 본 듯이 치를 떨면서 이미 땀에 젖어 축축해진 손수건으로 연신 이마의 땀을 훔쳤다. "자, 그럼 마지막으로 질문하겠습니다, 슬레이터 양." 카크메카르는 조바심을 내며 한숨을 쉬었다. "조금 있으면 변호인이 이 법정을 설득하려 들 겁니다." 카크메카르는 내 변호인이 재판을 시작하기에 앞서 말한 바를 염두에 둔 듯 성난 목소리로 말했다. "변호인은 슬레이터 양, 당신이 피고인과 잘 아는 사이라고 주장했습니다. 이 원주민이 그런 행동을 한 것은 당신이 그의 환심을 사려는 것처럼 보였기 때문이라고요. 그래서 당신에게 가해진 이 끔찍한 폭력은 당신이 자초한 것이라고 했습니다. 여기에 대해서는 어떻게 생각합니까?"

"그건 새빨간 거짓말입니다." 버로니카는 강경하게 답변했
다. 그러면서 내가 앉은 자리를 물끄러미 바라보았다. 나는 그
녀의 즉각적이고 단호한 부정에 어안이 벙벙했다. 나와 그녀
의 시선이 잠시 만났지만, 그녀의 눈빛은 멈칫거리지도 떨리
지도 않았다. 잠시 후 그녀는 호소하듯 카크메카르 검사를 쳐
다보았다. 카크메카르의 얼굴은 백인 여성이 원주민과 성적인
공모를 벌일 어떤 가능성도 조롱하는 듯 보였다. 재판관들 역
시 그럴 가능성을 그다지 달가워하지 않는 눈치였다. 백인들
이 이토록 견실하게 결속되어 있는 것에 고무된 버로니카는
자신감 넘치는 어조로 이렇게 결론을 내렸다. "재판장님, 전
이 원주민을 이전에 한번도 본 적이 없습니다. 어쩌면 이 원주
민은 저도 모르게 저를 따라다녔는지도 모릅니다. 재판장님,
저는 제 앞에서 알짱거리는 원주민들의 얼굴을 익히는 데 관
심이 없습니다."

"바로 그겁니다, 슬레이터 양! 바로 그거라고요!" 카크메카
르는 버로니카를 격려하는 듯한 반응을 보였다. 검사의 졸린
듯한 눈 아래 접힌 살이 밀가루 반죽이 부풀듯 불룩해지면서
그의 얼굴에 서린 죽음 같은 창백함을 두드러지게 했다. "그
러니까 당신은 이 원주민 남성이 당신이 자주 가던 해수욕장
근처를 얼씬거리는 것을 본 적이 없다는 말이죠?"

"그렇습니다."

"뿐만 아니라 이 원주민과 단 한마디도 말을 섞지 않았다는

거죠? 단 한번도 눈길을 교환하지 않은 것은 물론이고, 그 어떤 형태의 교감도 허용하지 않았기 때문에 원주민으로 하여금……"

버로니카는 카크메카르가 말을 마칠 때까지 기다리지 않고 단호하게 대답했다. "그렇습니다." 그녀의 목소리는 단호하고 일말의 망설임도 없었다. 놀라울 뿐이었다. 끔찍할 정도로 침착하고 과감한 그녀의 거짓말은 세상에서 가장 성스럽고 순결한 믿음의 소유자조차 가장 타락하고 파렴치한 죄악과 부패 앞에 무릎을 꿇을 수 있다는 발견만큼이나 내게 충격으로 다가왔다. 또한 놀라운 것은, 흰 원피스에 흰 외투를 받쳐입고 챙이 넓고 헐렁한 모자를 한쪽 눈이 가리도록 비스듬히 눌러쓴 그녀의 아름답고 순결한 모습이 방금 검사의 주장에서 보듯 사람들을 매수하고 속이는 데 얼마나 유용한가 하는 점이었다. 그러나 그녀가 쓴 하늘하늘한 모자의 챙 아래로 언뜻언뜻 비치는 그녀의 얼굴은 비정상적일 정도로 투명하고 창백했다. 그녀의 두 눈자위에는 전날 잠을 잘 못 잤는지 고통과 피로로 얼룩진 검은 띠가 드리워져 있었다. 그럼에도 불구하고 법정에서 교차심문이 이루어지는 내내 그녀는 침착하고 의연한 태도와 당당한 자세를 결코 흩뜨리는 일이 없었다. 지금 생각해보면, 그녀가 심문 도중 목소리를 낮춘 경우는 단 한번, 그녀가 육체적인 폭력을 당한 비참한 상황을 설명할 때밖에 없었다. 그러자 카크메카르는 그의 한없는 정중함과 세심함에도 불구하고 그녀가 진술을 계속하도록 채근했다. "큰 소리로 대답하

세요, 슬레이터 양." 그는 그녀를 격려했다. "그래야만 재판장
님께서 슬레이터 양이 무슨 말을 하는지 들으실 수 있습니다.
그러니까 슬레이터 양은 그 어떤 종류의 난교 파티에도 참석
한 적이 없다는 말이죠? 변호인에 따르면 노우드에 있는 어느
집에서 종종 그런 일이 벌어졌고 슬레이터 양도 그곳에 있었
다고 하는데요."

"난교 파티라고요?" 버로니카가 그 말을 되받았다. 살짝 들
린 그녀의 윗입술에 희미한 미소가 어렸다. "무슨 난교 파티
를 말씀하시는 건가요? 전 지금까지 어떤 난교 파티에도 가본
적이 없습니다." 나는 영어를 비교적 잘하는 편이지만, 남아공
의 법에는 원주민이 재판을 받을 경우 반드시 통역사가 배석
해 영어로 진행되는 재판과정을 하나도 남김없이 원주민어로
통역하도록 규정되어 있다. 그런데 이번에는 문제가 발생했
다. 영어로 진행되는 모든 내용을 내 모어인 줄루어로 통역해
주던 뛰어난 원주민 통역사가 당혹감을 느낀 것이다. 그로서
는 난교 파티라는 단어를 다른 언어로 번역하기는커녕 성적
타락과 그 증언이 서로 얽혀 있는 복잡한 관계를 이해하기도
어려운 듯했다. "난교 파티라고요?" 통역사는 잘 모르겠다는
듯 그 단어를 반복했다. "재판장님, 줄루어에는 '난교 파티'라
는 단어가 없습니다."

"눈물나게 고맙군! 자네는 지금 이 신성한 법정에서 백인들
이 아프리카 대륙에 발을 디디기 전까지 자네들은 **난교 파티**란
말을 들어본 적이 없다는 말을 하려는 것인가?" 데 클레르크

판사의 말투는 질문이 아니라 기소를 하는 것 같았다. 통역을 위해 내 옆자리에 서 있던 통역사는 그 말에 풀이 죽은 듯했다. 나는 그가 더 난처해지지 않게 해주려고 증언대 너머로 몸을 기울여 그의 귀에 대고 줄루어로 속삭였다. "왜, 그런 것 있지 않습니까? 여러 백인들끼리 서로 잡아먹을 듯이 성행위를 하는 거요. 곤드레만드레 취해서 서로 낄낄거리다가 상대의 입을 개처럼 핥아대는 것 말입니다."

통역사는 처음에는 어리둥절한 듯 보였다. 아마도 내가 농담을 하는 것이라고 생각하는 듯했다. 그는 도움을 구하듯 초조하게 주변을 둘러보았다. 그러더니 갑작스레 모든 고민을 한꺼번에 바람에 날려버린 듯 법정을 향해 쑥스러운 웃음을 짓더니 아프리카인 방청객을 바라보며 섰다. "백인 나리께서 저 여성분에게 물으신 것은, 모두가 함께 **먹고 마시며** 마치 내일이 오지 않을 것처럼 개처럼 마구 교미하는 집에 가보신 적이 있느냐는 것입니다." 말을 마치자 그는 혀로 입술을 핥았다. 방청석에 앉은 아프리카인들이 동요하는 벌떼처럼 천천히 웅성거리는 소리를 냈다. 어떤 여자들은 마치 아이들이 이런 이야기를 들으면 나중에 커서 어떤 나쁜 길로 빠질지 모른다는 듯이 아이들을 가슴에 꼭 품어안기도 했다.

"그러니까 슬레이터 양, 당신은 그 어떤 난교 파티에도 가본 적이 없다는 말이죠?"

"검사님, 저는 그런 말을 듣는 것 자체에 모욕감을 느낍니다."

"그렇겠죠, 슬레이터 양! 그럴 겁니다!" 카크메카르는 흡족한 듯 그 말을 반복했다. "재판장님, 고소인이 난교 파티와 같은 지저분한 행위에 연루되어 있다는 주장은 변호인측이 증인을 인격살인하기 위해 내놓은 일고의 가치도 없는 헛소리입니다. 고소인은 원주민 성도착자의 손에 의해 가장 흉악무도한 종류의 육체적 폭력을 당했습니다. 고소인은 또한 이러한 종류의 범죄가 그 섬세한 심성에 남길 치욕과 심리적 상처마저 평생 끌어안고 살아야 합니다. 변호인측은 이 젊은 여성의 인격에 흠집을 내기 위해 없는 일을 꾸며낸 것입니다."

막스 지크프리트 뮐러는 정상적이고 공평무사한 기질을 지닌 사람이었지만, 검찰측의 이같은 뻔뻔스러운 책략과 반칙을 더이상 용인하지 않았다. 그는 자리에서 일어서서 판사가 끼여들 틈도 주지 않은 채 검찰측의 기소 내용을 무시하면서 반박 논리를 폈다. 그의 목소리에는 경멸이 묻어 있었다. 그가 카크메카르와 그의 하수인들을 공박하자 헝클어진 머리의 탁발수도사 같은 꼴을 하고 있던 그 뚱뚱한 검사는 비틀거리며 자리에서 일어나더니 자신의 결백을 공허하게 피력했다. 그렇지만 뮐러는 쉽게 물러서지 않았다. "재판장님, 저기 앉아 있는 학식 높은 제 동료는 저희에게 감히 형언할 수 없는 도덕에 대해 설교할 처지에 있지 않습니다. 이번 사건을 대하는 경찰과 검찰의 태도는 추악하기 짝이 없습니다. 증인들을 부적절하게 협박한 것은 물론이고, 변호인측에 극히 중요한 자료와 증거도 불명확한 이유로 빼돌렸습니다. 이번 사건의 본질은 바로 이것입니다. 이런 지저분한 수법을 동원해 검찰측이 저희를 위협했다는 것입니다."

마침내 허약한 체구에 품이 큰 진홍색 법복을 입은 데 클레르크 재판장이 이 소동에 끼어들었다. "밀러 씨, 나는 이 법정에서 검사와 변호사가 흉하게 싸우는 꼴을 보고 싶지 않습니다."

"재판장님이 그러시다면." 밀러는 불쾌한 표정으로 한 발 물러섰다. 잠깐의 침묵이 흐른 후 데 클레르크 재판장이 좀더 분명한 설명을 요구했다. "밀러 씨, 증인이 노우드에 있는 어떤 집에서 앞서 언급한 부적절한 행위를 했다는 증거를 제출하겠습니까?"

"재판장님, 이것 하나만큼은 분명히 해두고 싶습니다. 저는 본 법정이 이런 불미스러운 폭로로 얼룩지는 것만큼은 피하고자 했습니다. 하지만 검찰측은 원고를 가장 신비스러우면서 경건하고 티끌만큼의 흠결도 없는 영적인 존재로 미화하려는 시도를 멈추지 않았습니다. 그것은 명백한 사기입니다. 따라서 저희로서도 그 반대의 증거를 제시할 증인들을 출석시킬 수밖에 다른 도리가 없음을 양해해주시기 바랍니다. 저희가 출석시킬 증인들은 저희의 주장이 옳다는 것을 입증할 것입니다. 뿐만 아니라, 재판장님, 그 증인들은 슬레이터 양이 완벽한 도덕과 정숙함의 화신이 아니라는 증거를 비디오테이프나 기타 사진의 형태로 제출할 것입니다. 슬레이터 양이 문제의 그 말로할 수 없는 타락의 현장의 단골이었다는 증거를 말입니다."

이 발언이 끝나자 법정이 웅성대기 시작했다. 막스 지크프리트 밀러가 누구도 예기치 못한 이 발언을 한 것은 점심시간 직전이었다. 잠깐 동안 깊은 침묵이 법정을 에워쌌다. 이 너저분한 드라마에 참여한 주요 출연진도 한동안 마비된 듯한 둔감함에 빠지고 말았다. 그러나 그것도 잠시, 이내 대혼란이 벌어지기 시작했다. 믿지 못하겠다는 듯한 큰 웅성거림이 방청석에서 일었다. 밀러와 카크메카르, 그리고 재판관들도 한꺼번에 입을 열기 시작했다. 언론사에서 나온 기자들은 모두 무감각의 상태에서 깨어난 하이에나 무리처럼 자리를 박차고 일어나 우르르 문간으로 몰려가서는 서로 먼저 전화기를 차지하려고 악다구니를 썼다. 그날 석간의 머리기사는 이미 확정된 것이나 다름없었다. **강간당한 영국 여성, 난교 파티 즐겨. 변호인측 주장!** 또다른 머리기사도 있었다. 나는 그것을 일주일 후에나 볼 수 있었지만, 그 기사는 강간사건과 노우드에서 벌어진 야만행위를 연관지으려는 것이었다. **백인 여성, 난교 파티 후에 강간. 변호인측 주장.**

내가 법정에서 판사와 여러 전문가들에게 한 이야기는 내가 여기에서 띄엄띄엄 한 이야기와 본질적으로 같은 것이었다. 나는 이 이야기를 후에 에밀 뒤프레와 어머니, 내 친구들과 친척들에게도 했다. 그러나 법정에서 이 이야기를 하고 또 하는 와중에 나는 이 이야기의 전모가 왜곡되고 혼란스러워지면서 명확한 논리적 틀을 상실하기 시작했다는 것을 깨달았다. 내 이야기는 뚜렷한 형태나 형식이 없이 마치 이야기의 얼개가 형태를 알 수 없는 어떤 정서 자체를 닮아 있는 현대소설과 같은 것이 되어가고 있었다. 그런 소설에서는 사건이 발생하지만 원인은 끝내 명확하게 드러나지 않는다. 사건의 결말도 실은 소설의 초반부에 숨겨져 있는 경우가 많다. 그러나 소설의 초반부를 구성하는 내용을 발견해내기란 결코 쉬운 일이 아니다. 뒤프레는 알아야 한다. 남아공에 도착한 이래 그는 눈에 띄는 성공을 거두지는 못했지만 그가 즐겨 말하는 이른바 '나의 병리학적 조건'의 기원을 탐색하는 일을 줄기차게 수행해왔다.

마침내 마지막 날, 심판의 날이 다가왔다. 나는 무장경찰들의 호위를 받으며 방청객으로 가득한 법정에 들어섰다. 내 마음은 텅 비어 있었다. 그리고 신기할 정도로 차분했다. 마치 다른 사람의 최후의 날을 지켜보는 사람 같았다. 그 차분함은 내가 마지막으로 방갈로에서 버로니카와 이해할 수 없는 만남을 가졌을 때의 그 느낌과 같은 것이었다. 높은 청동 침대에 누워 있는 소녀의 모습을 멍청하게 바라보던 내 시선과 같은 공허함이었다. 누군가 나를 강제로 자리에 앉혔다. 나는 자리에 앉아 아무런 느낌 없이 소란스러운 법정을 바라보았다. 그때 문 쪽에서 어머니가 구부정한 모습으로 비틀거리며 들어오는 것이 보였다. 어머니는 벌써 검은 상복을 차려입은 채 담요를 두르고 있었다. 세 명의 숙모와 두 명의 어린 삼촌도 함께 있었다. 마지막 재판에 참석하기 위해 에쇼웨에서 밤새 차를 타고 온 것이었다. 삼촌들은 각각 구부정한 모습의 어머니를 양쪽에서 팔을 둘러 부축하고 있었다.

당당한 모습의 마므람보가 이끄는 작은 무리가 태양이 눈부시게 내리쬐는 바깥에서 어두침침한 전등불이 비치는 넓은 법정 안으로 천천히 들어섰다. 나는 한 사람 한 사람의 얼굴에서 진지함과 고통스러운 당혹감을 읽을 수 있었다. 그들은 어떤 통지도 설명도 없이 갑자기 강간이라는 수치스러운 범죄에 대한 재판에 불려나온 것 같았다. 참담한 상황에 빠진 어머니가 나의 시야에 들어왔다. 그러나 또한 괴로운 것은 내 행동과 내 기이한 욕정과 야심 때문에 이 사람들이 무한한 혼란과 슬픔을 겪어야 한다는 사실이었다.

남아공의 법정처럼 화려하게 치장된 곳은 이 세상 어디에도 없다. 이곳에는 거짓 의식과 가식과 연기만이 판을 친다. 남아공에서는 정의가 바뀌고, 타락하고, 심지어는 뒤집히기도 한다. 남아공은 진리와 공명정대함과 관대함은 창문 밖으로 내동댕이쳐지고 오직 복잡한 절차의 껍데기만이 화석처럼 남아 있는 나라이다. '나의 재판장님'이나 '존경하는 재판장님'과 같은 허황한 관례의 기억만이 남아 있는 나라이다. "학식 높은 제 동료는 네빌과 쿠말로의 사례를 기꺼이 인용하고자 합니다. 구바쎄와 라바보의 사건을 맡고 계신 솜머빌 재판장님의 생각은 어떠십니까?" 등속의 수사가 넘쳐나는 곳이다. 우아한 형식과 그럴듯한 의식, 알맹이 없는 관례만 살아 있는 나라이다. 그나마 좀 낫다는 시대에 나고 자란 사람들의 기억을 사로잡는 것이 겨우 이 정도이다. 흑백간의 법적 공평성이라는 허구가 강고하게 유지되던 그 시대에 말이다. 하지만 이나마도 지금은 모두 사라지고 없다. 또 당혹스러운 것은, 한때는 법이 정의에 대한 열정으로 기억되었으나 무언가가 이 열정을 기괴하고 야만적이며 억압적인 분위기로 바꾸어버렸다는 것이다. 야만과 억압의 결합은 몸에 꼭 맞는 카키색 죄수복에 갇힌 고약한 살에서 피어나는 답답하고 구린 폭력의 공기가 만연한 법정의 분위기에 고스란히 드러난다. 거칠고 붉은 얼굴과 당장이라도 뛰어오를 듯이 웅크린 짐승 같은 무지막지한 야수성이 서린 눈동자에서도 이를 느낄 수 있다. 진홍색 법복을 입고 우울한 얼굴과 날카로운 매의 눈을 하고 몸을 앞으로 쑥 빼고 앉아 변호사의 모든 말에 세심하게 귀를 기울이는 판사들도 관대한 척하는 가면을 이미 오래전에 벗어던지고 피에 굶주린 인상을 풍긴다. 카크메카르만은 예외적인 존재이다. 그는 매우 침착하며 심지어는 명상적인 사람처럼 보일 때도 있다. 그는 예전에는 세차게 몰아치는 전략을 구사했지만, 지금의 그는 표정도 없고 무료해 보인다. 결국 그는 신기에 가까운 기교를 가지고 게임을 하고 있었던 것이다.

이틀 전 이 살집 많은 국가관료는 보다 잔인하고 신랄한 새로운 면모를 청중 앞에 선보였다. 한두 차례 내가 버로니카의 특이한 행동, 그녀의 도발적이고 과시적인 자기노출에 대해 언급하자 카크메카르는 믿을 수 없다는 듯 의자에 앉은 채 몸을 뒤로 빙 돌려 방청객을 향했다. 한번은 교차심문 때 버로니카가 원주민에게 옷을 걸치지 않은 모습을 보여주는 데서 성적 쾌감을 얻는 이상한 성향이 있는 것 같다고 내가 말하자 카크메카르는 우레와 같은 목소리로 경멸 섞인 비난을 퍼부었다. "피고인은 백인 여성이 피고인과 같은 원숭이가 자신을 쳐다보는 것을 보면 기분이 좋을 거라고 생각하는 건가?" 그러자 애매하고 추상적이기는 하지만 정의의 실현이 자신들의 궁극적인 소임임을 잘 알고 있는 판사가 중얼거리듯 경고했다. "카크메카르 씨! 카크메카르 씨!" 오로지 내 변호인인 막스 지크프리트 뮐러만이 독일의 강제수용소를 생생하게 기억하는 듯 차분함을 유지했다. 그의 언어는 엄숙할 정도로 정연했고, 분개하기는 했지만 죄와 벌이라는 빤한 극에 놀아나고 있지 않았다.

피고인석에 앉아 있는 나는 이따금 고독감을 느꼈다. 나를 둘러싼 하얀 얼굴들은 내게 적대적이고, 까만 얼굴들은 나를 곧 도살당할 한 마리 양처럼 동정했다. 사람들이 물밀 듯이 밀려들어오고, 법정 관리들은 또각또각 구둣발 소리를 내며 제자리로 찾아들어갔다. 사람들의 머리는 경고도 없이 내 쪽을 향하며 때때로 낮은 목소리로 소문들을 쏟아냈고, 그 소리는 곧바로 변호인석까지 들려왔다. 법정 옆으로 난 창문을 통해 하얗고 뜨겁고 눈부신 빛이 쏟아져들어왔다. 빛이 너무 강해서 눈을 제대로 뜰 수가 없었다. 법정에 깔린 어둠을 걷어내줄 빛으로는 그것이 유일했지만, 그것은 이제 갑자기 흰 가루같이 부자연스럽고 위협적으로 보였다. 그것은 저주와 질병의 빛이며, 어둠이 지닌 풍성하고 기름진 밀도를 결하고 있었다. 맨 앞줄에 앉은 버로니카는 무릎을 가지런히 모으고 그 위에 얌전히 두 손을 포갠 채 이 거칠고 사악한 빛줄기로 온몸을 휘감고 있는 듯 보였다. 그녀는 악마와 같은 영원한 백야의 억압적이고 고독한 광휘 속에 갇힌 유령 같아 보였다. 내 악몽 같은 억압이 만들어낸 이 유령이 바야흐로 나를 파멸의 구렁텅이로 밀어넣으려 하는 것이었다. 나는 자리에서 일어나 진실만을, 오직 진실만을 선언할 것을 맹세하라는 명령을 받았다. 그러자 내가 볼 수 없는 곳에서 어떤 백인이 핏대를 올리며 영어로 나를 성토하는 소리가 들렸다. 그의 목소리는 조용한 법정에 길게 울려퍼졌다. "지독한 검둥이 강간범 새끼! 썩은 돼지 같은 저놈의 더러운 검은 생식기를 당장 잘라버리시오!"

한차례 소동이 일었다. 예기치 않은 폭력사태가 벌어질 것을 우려한 한 무리의 법정 관리가 플란넬 옷에 검은 웃옷을 걸친 정체불명의 인물에게 다가갔다. 주먹질이 오가고 격투가 벌어졌고, 재판관들의 경고가 잇따랐다. 나는 욕지기를 느꼈다. 내 마음은 하얀 안개의 어둠 속에서 치열하지만 어쩔 수 없이 무기력한 투쟁을 벌이고 있었다. 나는 더이상 무슨 일이 벌어지고 있는지 알 수 없었다. 이제는 엄청나게 깊고 강력한 공포의 손아귀에 사로잡혀 재판 진행에 몰두할 수 없었다. 사건이 진행되는 대로 내버려두면 어떤가. 나는 내 마음이 가는 대로 놓아두기로 했다.

나는 증언대의 모서리를 붙잡고 일어섰다. 막스 지크프리트 밀러가 내 옆을 지켜섰다. 그는 내게 무슨 일이 있었는지 법정에 고하라고 부드럽게 재촉했다. "재판장님께 모든 것을 말하게나." 밀러가 말했다. "무슨 일이 있었는지 하나도 빼먹지 말고 모두 말하게, 씨비야 군. 부끄러워하지 말고." 재판장인 데 클레르크가 말한 것처럼 가장 중요한 순간이 다가온 것이었다. 나 자신을 변호해야 할 시간이었다. 나는 법정에 좋은 인상을 심어주어야만 했다. 내 결백을 입증해야만 했다. 그러나 내가 더이상 나 자신을 믿을 수 없는데 재판관을 비롯한 다른 사람들을 어떻게 믿게 할 수 있다는 말인가? 내가 폭력을 행사했다고 주장하는 영국인 소녀도 그곳에 있었다. 방청객들로 견고하게 둘러싸여 법정의 맨 앞자리에 다소곳하게 앉아 있는 그녀는 대단히 냉정하고 눈부시고 태연해 보였다. 막 피어난 꽃처럼 실로 순결해 보였다. 차분하고 화사한 그녀의 피부는 오후의 빛처럼 찬란한 광택을 발산하고 있었다. 그녀는 육체적 욕망의 비속한 손길이 미치지 않는 저 너머 세계에 있는 것 같았다.

"씨비야 군, 재판장님께 말씀드리게!" 밀러가 인내심을 가지고 종용했다. "자네가 이 아가씨를 강간했나? 방금 들었다시피 이 아가씨는 자신이 그 끔찍한 폭력의 무력한 희생자라고 주장하고 있네." 나는 대답하려 했으나 아무것도 생각나지 않았다. 혀가 입천장에 달라붙어 떨어지질 않았다. 과연 나는 이 소녀를 강간한 것인가, 그렇지 않은 것인가? 그 운명의 날 오후에 과연 무슨 일이 벌어진 것인가? 나는 그녀의 꽁무니를 쫓아 해수욕장에서 산업폐기물 쓰레기장 모퉁이에 있는 그녀의 방갈로까지 따라갔다. 나는 소녀가 방 한가운데 깊은 사념에 잠긴 사람처럼 우두커니 서 있는 모습을 지켜보았다. 그녀의 방갈로 안으로 들어갔을 때, 나는 반쯤 정신이 나간 채로 관능적인 열병에 들떠 있었다. 내가 어쩌다가 이웃은 물론 늘 사람들을 감시하는 경찰마저 신경쓰지 않을 정도로 그렇게 완전히 분별력을 잃어버렸는지 이해가 가지 않는다. 그런 상태에서 나는 백인 여자의 몸에 손을 올려놓았던 것이다. 대화라고는 담배가게 문턱에서 우연히 몇마디 나눈 적밖에 없는 백인 여자의 몸에 말이다. 오직 그 소녀, 버로니카만이 희망 없이 망가진 내 기억의 사라진 고리를 채워줄 수 있을 것이었다. 그러나 이제 그녀는 가장 믿기 힘든 존재가 되어 있었다. 그녀는 진실과는 완전히 동떨어진 소설을 멋대로 지어내고 있었다. 하지만 역설적이게도 병적인 거짓말쟁이가 지어낸 완전한 상상의 산물이 더 그럴듯해 보이는 것이다. 결국, 그녀의 이야기는 완벽한 한편의 소설인 까닭에 자신들의 편견을 충족시켜줄 증거를 찾는 데 골몰한 노련한 재판관들의 지성을 거스르지 않았다. 정신이 제대로 박힌 판사라면 과연 누가 남아공과 같은 나라에서 정신이 멀쩡한 백인 여자가 낯선 흑인이 보는 앞에서 옷을 벗었다는 주장을 믿을 것인가? 설령 그 흑인 사내의 면전에서 옷을 벗었다 치더라도, 미친 여자가 아닌 다음에야 과연 자신에게 무슨 짓을 할지 모르는 남자 앞에서 완벽한 나체로 누워 한치의 동요도 일으키지 않을 수 있단 말인가? 사지를 쭉 뻗고 침대에 누워 있는 자신을 음흉한 눈으로 바라보는 남자 앞에서 말이다. 도무지 믿기지 않는 일이었다.

그날 아침 법정에서 증언과 교차심문이 이루어지는 동안 나는 재판관들과 카크메카르 검사 그리고 변호인의 주문에 따라 같은 이야기를 하루종일 반복했다. 나와 그녀가 해수욕장에서 격렬하게 가상의 정사를 나눴던 일과, 이어서 노란 모래언덕을 넘고 작은 백사장 길을 지나 북에서 남으로 달리는 도로를 건너 그녀의 뒤를 밟았던 일을 설명했다. 미끄러지듯 부드럽게 걸어가는 그녀의 뒤를 따라 보조를 맞춰가며 텅 빈 황무지를 가로질러간 일도 설명했다. 그녀가 나무 수풀을 배경으로 서 있는 초록색 방갈로의 문을 열고 들어서던 순간까지 내가 내딛던 걸음 하나하나가 얼마나 운명적이었는지에 대해서도 설명을 아끼지 않았다. 내 기억에 그날 날씨는 무척이나 환상적이었다. 어둡고 불안한 태양의 아지랑이가 어두운 나뭇잎 위에서 이글거리는 장면을 보는 일은 가슴이 벅찰 정도였다. 황금빛으로 솟아오른 맑은 대기는 수백만 개의 바늘이 흩뿌려진 듯 눈부셨다. 나는 그녀가 내가 뒤를 밟는 것을 알고 있다고 확신했다. 그녀는 여러차례 가던 길을 멈추고 뒤를 돌아보며 희롱하는 듯한 눈빛으로 나를 독려했다. 그리고 마침내 정문에 다다르자 마치 자신이 못 박힐 십자가에 오르는 사람처럼 한 계단 한 계단을 정성껏 올랐다. 그녀의 일거수일투족과 햇볕에 부드럽게 그은 사지는 어디든 앉을 자리나 누울 자리를 찾기만 하면 바로 그 위로 쓰러져내릴 사람처럼 위태롭고 피로해 보였다.

　방으로 들어간 그녀는 바로 문을 닫지 않았다. 내가 서 있는 정문 근처에서 안방 전체가 훤히 들여다보였다. 한쪽에는 커다란 이인용 침대가 있고 안쪽 구석에는 서랍장이 있었다. 서랍장 위의 빈 공간을 채운 큰 거울이 있고, 갓 따온 꽃을 꽂은 꽃병이 놓인 작은 탁자도 있었다. 창문과 커튼이 열려 있어 유령처럼 으스스한 하얀 빛이 방 안으로 쏟아져들어와 광대하고 음침한 그늘 위로 좁은 빛의 길을 내고 있었다. 제법 거리가 있음에도 불구하고 마치 방 안을 걸어다니고 있는 듯 그 방의 뜨겁고 끈끈한 친밀감을 느낄 수 있었다. 나는 얼마 전 그 방을 침입했을 때 보았던 방 안의 모습을 머릿속에 되살리려 애쓰면서 식탁과 의자 등 방 안에 있던 물건들의 위치를 가늠해보았다. 문을 열면 빛이 잘 드는 부엌이 나오고, 반짝거리는 철제 가로대가 걸린 욕실이 나왔다. 그 줄 위에는 그녀의 얇디얇은 나일론 속옷들이 걸려 있었다. 나는 긴장한 나머지 숨쉬기가 곤란해지고 빨라지는 심장박동을 어찌할 수가 없었다. 나는 정신이 나간 사람처럼 소녀의 움직임을 주시하면서도 내가 서 있는 자리에서 단 한 발짝도 뗄 수 없었다.

　버로니카는 여전히 내가 보는 앞에서 해수욕 가방을 바닥에 내려놓고는 넓은 침대의 모서리에 걸터앉아 잠시 아래위로 몸을 흔들었다. 마치 음흉한 목적으로 침대 스프링의 강도를 시험해보는 것 같은 모습이었다. 그러다가 두 발을 이용해 신발을 벗고는, 갑자기 무슨 재미난 일이 생각나기라도 한 듯 생기

발랄해졌다. 나는 그녀가 거실을 지나 부엌으로 갔다가 과일 하나를 베어먹으며 다시 나타나는 장면을 보았다. 한줄기 과 즙이 짙은 와인 얼룩처럼 입가에 흘러내리자 그녀는 재빨리 손등으로 촉촉한 붉은 입술을 훔쳤다.

그녀는 잠시 멈춰서서 앞뜰과 정문 쪽을 보았다. 그녀의 움 직임은 내내 나른하고 지치고 가라앉아 보였다. 그녀의 몸에 대한 열의와 헌신이 스스로 감당하기에도 너무 컸던 것 같았 다. 그녀는 하루종일 몸의 욕망을 충실히 따랐다. 먹고, 수영 하고, 잠자는 것이 그녀의 하루 일과였다. 내가 생각하기에 이 일과에는 그녀가 좋아하는 뜨거운 애정행각도 포함될 것 같았 다. 그녀에 대한 내 환상 속에서 그녀는 사랑을 나눌 때 광적 이고 격렬하며 결코 지치지 않았기 때문이었다. 나는 그 뚱뚱 한 그리스인과 노우드의 어느 집, 그리고 발가벗은 분홍색 씰 루엣이 하얀 창문 너머에서 끊임없이 출렁이는 모습을 자주 생각했다. 그녀는 내 욕망의 중심이자 영원한 갈망, 지치지 않 는 열정의 촛점이었다. 그런 그녀가 내 앞에 서 있었다. 한 손 을 한쪽 엉덩이에 대고 다른 쪽 엉덩이를 바깥쪽으로 내민 채, 나를 고문하듯 난폭하게 자신을 드러내고 있었다.

그녀는 몸을 막 돌리려다 갑자기 내 모습을 발견했다. 낡아 빠진 문에 기대서서 아무런 움직임도 없이 오랫동안 품어온 억눌리고 비이성적인 폭력의 욕망으로 자신을 응시하는 내 모 습을 말이다. 거리가 어느정도 있었지만, 그녀는 이제 더이상 통제가 불가능한 열정이 내게 가득 응축되어 있음을 느끼는 듯했다. 그녀는 자세를 바꾸었다. 숨 막힐 듯 고요한 순결함이 사라지면서 그녀의 몸이 갑자기 경직된 것 같았다. 잠시 동안 우리는 서로를 응시했다. 방문과 정문 사이의 거리가 갑자기 두근거리고 고통스러운 욕망으로 채워졌다. 이제 소녀와 내가 할 수 있는 일이란 오로지 그 자리에 가만히 서 있는 것뿐이었다.

마침내 버로니카는 자리를 뜰 사람처럼 몸을 돌렸다. 방문은 그대로 열려 있었다. 그녀는 두 손으로 무언가를 부지런히 만지작거렸다. 한낮의 찌는 듯한 방의 열기 속에서 잘 닦인 구리처럼 반짝이고 가느다랗고 유연한 팔목을 치켜들어 머리에 꽂은 핀을 찾아 더듬거렸다. 그러자 그녀의 머리칼이 부드러운 어깨 너머로 빛나는 폭포수처럼 흘러내렸다.

그때 그녀가 갑자기 놀라운 행동을 시작했다. 눈부신 오후 햇살 속에서, 나는 믿을 수 없는 광경에 그저 눈만 깜빡였다. 도무지 내 눈을 의심하지 않을 수 없었다. 거부할 수 없는 어떤 충동에 휩싸인 듯이 그녀는 매우 빠른 동작으로 문 쪽을 바라보고는 갑자기 옷의 단추를 풀었다. 옷은 흘러내려 그녀의 발목에 걸렸다. 브래지어와 팬티만 입은 채로 그녀는 그다음에 벌어질 일을 숨기려는 사람처럼 옆으로 비켜섰다. 나는 그 순간을 아주 생생하게 기억한다. 내 살의 무게가 내 뼈를 무겁게 짓눌렀고, 뜨거운 피가 머리 꼭대기까지 고동쳤다. 바깥 공기에서는 축축한 열기와 녹아내리는 타르가 섞인 퀴퀴한 냄새가 났다.

내가 이 믿을 수 없는 장면에서 받은 충격으로부터 벗어나려 애쓰는 사이, 소녀는 남은 브래지어마저 벗어던졌다. 우아한 무희처럼 버로니카의 손은 빠르고 능숙했다. 떨리는 빛의 투명한 열기 속에서 나는 그녀의 반쯤 벗은 몸이 하얀 구름 속을 움직이는 것을 지켜보았다. 구름은 색정광 여신을 애무하는 무수한 손들의 올가미처럼 그녀의 육체를 감싸고 있었다. 브래지어를 벗어던진 그녀는 이번에는 표범처럼 날렵하게 팬티마저 벗어버렸다. 나는 결코 보아서는 안될 것을 본 사람처럼 잠시 동안 눈을 꼭 감고 있어야 했다. 버로니카는 태어날 때와 똑같이 실오라기 하나 걸치지 않은 몸으로 거실 한가운데 서 있었다. 지금 생각해봐도 이상한 것은 처음으로 백인의 벗은 몸을 보는 일이 의외로 그다지 외설적이지 않았다는 점이다. 오히려 옷을 벗는 버로니카의 그 유혹적인 동작 속에는 나에 대한 초대의 의미가 숨어 있었다. 나는 마치 날카로운 칼에 베인 듯한 느낌이었다. 그녀의 자그마한 방갈로는 울창한 나무들에 둘러싸여 있고, 그곳에서는 조그만 나뭇가지는 물론이고 풀 한 포기조차 움직이지 않았다. 그런 곳에서 완전히 벌거벗은 백인 여자가 아무것도 개의치 않는 자세로 빛살을 두르고 방 한가운데 서 있었다. 그녀는 타오르는 불꽃 같았고, 그 안에 있는 어떤 악마가 나를 유혹해 처절하게 파괴할 것만 같았다. 그러나 그처럼 달콤한 유혹이란 거부하기 힘든 것이었다. 부드러운 곡선과 길고 가느다란 다리, 그리고 금빛으로 빛나는 얼굴을 누군들 거부할 수 있겠는가? 부드럽고 건강한 그

202

녀의 맨살은 피부 표면에 마치 화폭에 물감 자국이 생생한 최근 완성한 그림 같은 직접성을 주었다. 그녀는 가느다란 손으로 자신의 두 가슴을 감싸쥐었다. 마치 두 개의 신성한 둥근 입체가 어떤 형태의 지지물을 필요로 하는 듯이. 그러고는 자신의 가슴을 고무 덩어리처럼 꽉 눌러안고는 침대 위로 올라가 아무것도 덮지 않고 자리에 누웠다.

알 수 없는 고통이 솟구치고 구토가 목구멍까지 치밀었다. 나는 숨을 몰아쉬었다. 마른침을 삼켰다. 아침 이슬 같은 땀이 이마에서 흘러내렸다. 나는 그때 그 방갈로와 그녀에게서 달아났어야 했다. 그랬으면 아무 일도 벌어지지 않았을 것이다. 그러나 나는 그렇게 하지 않았다. 범람한 강물처럼 나의 욕정은 나를 반쯤 열린 문 쪽으로 이끌었다. 언제라도 튀어오를 준비가 되어 있는 경계심 강한 암사자처럼 소녀가 누워 있는 방으로 나를 이끌었다. 정신이 멍한 채로 나는 계단을 뛰어올라가 서둘러 문 쪽으로 다가갔다. 순간적이나마 그녀의 몸이 보이지 않았다.

내가 방 안에 들어서자 영국인 소녀는 너른 침대에서 몸을 반쯤 일으키며 작게 비명을 질렀다. 혼자 사는 여자가 자신의 방에 침입한 낯선 남자와 마주쳤을 때 낼 법한 비명 소리였다. 갓 태어난 아기처럼 발가벗은 채 잠에서 깨어나 자신의 연약하고 하얀 육체를 내려다보는 원주민 남자와 마주한 백인 여자라고 해서 별반 다를 바는 없었다. 그러나 소녀의 비명은 정말로 놀라서 지른 것이 아니었다. 그렇게 보기에는 지나치게 형식적이었다. 소녀는 침대에서 일어나지도 않았고 그렇게 할 의지도 없어 보였다. 대신 그 자리에 등을 대고 누운 채 초록색 눈으로 약간 삐딱하게 나를 올려다보았다. 나는 그 눈 속에서 호기심에 찬 맹목적인 갈망을 향한 압도적인 충동과 공포가 서로 씨름하는 것을 본 것 같았다.

그녀의 살갗이 내뿜는 숨결이 훅 끼쳐왔다. 매운 후추 같고 용암 같은 냄새가 났다. 그것은 내가 잊어버리고 있던 눅눅하고 유폐된 듯한 어린시절의 냄새를, 어머니의 가슴에서 나던 젖 냄새와 구겨진 침대보에서 나던 따뜻하고 축축한 냄새를 떠올리게 했다. 나는 그녀의 얼굴을 재빨리 훑어보았다. 그녀의 얼굴에는 격정적인 절망과 함께 다른 무언가가 섞여 있었다. 그것은 말로는 형언할 수 없는 뜨거운 열정 같은 것이었다. 나는 그녀의 축 늘어진 육체 옆에 무릎을 꿇고 앉았다. 그녀의 눈은 갈구하는 듯도 했으며 음울해 보이기도 했다. 그녀는 마치 아주 미미한 그림자의 움직임 속에서 아직까지 자신이 가져보지 못한 미묘한 종류의 힘을 본 듯했다. 우리는 한동안 서로 아무 말도 하지 않았다. 그녀의 입은 벌어져 있었고, 늘어진 턱에는 충족되지 않은 불만의 끝자락이 얹혀 있었다.

나는 그녀를 붙잡았다. 오랫동안 타오른 폭력으로 거칠게 붙잡았다. 그것은 사랑도 살인도 강간도 아닌, 그 사이에 있는 어떤 것이었다. 나는 그녀의 얼굴 위로 빠르게 스쳐가는 공포를 즐기기조차 했다. 그러나 그녀의 눈 속 깊은 곳에는 묘한 흥분감 또한 번지고 있었다. 그녀는 신음소리를 냈다. 내가 정말로 그녀를 때릴 것이라고 생각한 듯했다. 그러나 나는 그렇게 하지 않았다. 나는 그녀를 때리지 않았다. 대신 내 손을 자유롭게 놀려 그녀의 머리칼을 비롯해 그녀의 몸 이곳저곳을 훑어내려갔다. 인간이 한번도 가본 적이 없는 까다로운 미지의 지역으로 가는 길을 찾는 듯이 여러 평지와 계곡을 탐험했다. 그러다가 나는 갑자기 통제력을 상실했다. 더이상 욕정을 참을 수가 없었다. 나는 굶주리고 죄의식에 사로잡혀 그녀의 입에, 얼굴에, 귀에, 가슴에, 팔에 입을 맞추었다. 우리의 입은 물처럼 서로 섞였다. 나는 그녀를 다시 부드럽게 붙잡았다. 이번에는 목을 잡았다. 희고 아름다운 목이었다. 데스데모나와 무어인의 끝나지 않는 비극이 여러가지 이미지가 되어 마음속에 떠다녔다. 나는 티끌 하나, 그늘 하나 없이 새하얀 피부를 게걸스럽게 핥았다. 그리고 천천히 미끄러져내려가 가슴을, 봉긋하게 솟아올라 향긋한 냄새를 풍기는 젖가슴을 애무했다. 마지막으로 둥그스름하게 살집이 붙은 상체를 타고 내려와 갑작스럽게 오목하게 들어간 배와 어두컴컴한 엉덩이 사이의 계곡도 핥았다.

어느새 나의 얼굴은 백옥 같은 그녀의 허벅지 사이에 파묻혀 있었다. 그러자 그녀는 상처입은 동물처럼 신음하며 내 귀와 머리, 머리칼을 잡아당겼다. 내 혀가 더 아래로 내려가 격렬한 거품이 이는 바닷가에 닿는 것을, 두 다리가 모여 잔잔한 만을 이루는 곳에 닿는 것을 막기 위함이었다. 그녀는 격렬하게 저항하며 내 머리채를 잡아당겼지만 내 머리가 너무 짧아 뜻대로 되지 않았다. 그러자 그녀는 갑자기 저항을 멈추고 자신의 차가운 손으로 내 머리를 잡고는 마침내 자진해서 고운 두 팔로 나를 감아안았다. 그녀의 입은 소리없이 움직였다. 만약에 이것이 저항의 형식이었다면, 그 저항은 나의 탐욕스러운 욕정에 대한 소리없는 메아리였을 뿐이다.

그것이 전부였다. 어떠한 말도, 간청도, 권고도 없었다. 나를 물리치려는 그 어떤 비명도 없었다. 그리고 내가 막 삽입을 시도하려는 순간, 우리는 침대에서 바닥으로 굴러떨어졌다. 소녀는 내 벨트를 꽉 잡으며 바람 한 점 없는 그녀의 항구 속으로 마지막 진입을 시도하는 나를 돕고 독려했다. 그녀의 좁은 질을 뚫고 들어가자, 마치 잊혀진 과거의 보물들로 가득한 어두운 비밀의 방에 떨어진 듯한 느낌이 밀려왔다. 그녀는 뜨겁고 젖어 있었고, 이미 애액이 흘러나오고 있었다. 그녀의 맨살에 닿는 느낌은 내가 기억하는 그 무엇보다도 낯설고 새로웠다. 자그마한 접촉에도 나는 그녀의 몸속에서 무슨 일이 일어나고 있는지 알 수 있었다. 그녀의 커다란 떨림이 내 사지에 스며들어 그 속에 내가 한번도 느껴본 적 없는 무게감을 풀어놓았다. 내 피부는 뼈 위로 팽팽하게 펴지고, 머리털은 곤두섰다. 전기충격과도 같은 이상한 감각이 내 몸을 훑고 지나갔다. 내 호흡은 거칠어졌다. 마치 무거운 짐이 가슴을 짓누르는 것 같았다.

버로니카는 눈을 뜬 채로 사랑을 나누었다. 자주색 눈동자가 승리의 빛으로 반짝이고, 우리는 완벽하게 조율된 하나의 리듬을 타고 움직였다. 그녀의 얼굴은 뜨겁고 붉게 달아올라 찬란한 빛을 내뿜었고, 반쯤 벌어진 그녀의 입에서는 하얀 거품 같은 것이 일었다. 부드러운 그녀의 갈색 머리칼은 어지럽게 휘날리다 욕정과 땀으로 촉촉하게 젖은 얼굴에 달라붙었다. 향수 냄새를 물씬 풍기는 그녀의 자그마한 손가락은 무언가를 부드럽게 간청하듯 내 입을 가로질렀다. 그것은 허둥지둥 달아나는 생쥐처럼 내 척추를 타고 흐르는 묘한 전율과 쾌감을 불러일으켰다.

결국은 이렇게 끝날 일이었다. 몇날 며칠을 지속된 갈망과 지독한 욕망과 집착의 뜨거운 중심은 바로 이것이었다. 이교도적이고 악마 같은 내 꿈이 희구하던 황홀의 종말은 바로 이것이었다. 이 경이감과 이 충만감과 이 축제의 음악, 그 무엇보다 놀라운 열정적인 충동과 분별없고 흉포한 욕정, 바로 이것이었다. 내 머릿속에서 무언가 작은 폭발이 일어나는 것 같았다. 목 안에서 신경이 거칠게 팔딱거렸다. 관자놀이에서 피가 고동치듯 뛰었다. 나는 절정을 향해 치달았다. 놀랍게도 소녀의 몸은 백인의 허약성을 드러내며 다소 주춤거리는 듯싶더니 다시 어두운 방 안의 그늘로 돌아갔다. 온 바닥을 헤매며 씨름하던 우리는 한줌의 햇살이 비치는 양지에 도달했다. 그곳에서 나는 소녀의 얼굴을 얼핏 볼 수 있었다. 양 뺨의 윤곽이 이전보다 더 날카로워 보였고, 입 주위의 살도 더 도드라져 보였으며, 피부는 열정적인 정념으로 뜨겁게 달아올라 홍조를 띠고 있었다. 그 때문에 그녀의 연분홍색 입가는 마치 물고기의 아가미처럼 보였다.

정확히 어느 정도 거리인지는 알 수 없었지만, 멀리서 보어인들의 웃음과 노랫소리가 다가오는 것이 들렸다. 우울한 곡조와 무희들의 침울하고 떨리는 리듬이 지친 병사의 발걸음처럼 머뭇거리며 방갈로 쪽으로 다가오고 있었다. 그러더니 이내 사람들이 문밖에 몰려들었다. 잠시 후 구둣발 소리가 천둥처럼 내 귀에서 울렸다. 누군가 내 목을 틀어쥐었고, 내 몸을 소녀의 몸에서 떼어내더니 벽 쪽으로 세게 밀어붙였다. 주먹 하나가 날아와 내 얼굴을 가격했고, 다음에는 잘 조준된 발이 날아왔다. 그리고 나는 달콤한 무의식 속으로 가라앉았다.

24

교수형이라!

그것은 나의 가시면류관이 될 것이다. 내가 죽는 것은 백인
이 진리이고 백인이 힘인 이 세상에 흑인으로 태어나는 용서
받을 수 없는 죄를 지었기 때문이다. 차라리 딱정벌레로 태어
나는 것이 더 좋았을지도 모른다. 땅바닥에 딱 붙어 하늘의 청
량함이라도 볼 수 있었을 테니까. 물론 그것보다 더 좋은 것은
영국인 소녀의 눈 속에서 빛나던 그 음탕한 최초의 빛을 보지
않는 것이었다.

그렇다. 나는 죽는다. 그러나 내 죽음은 백인 여성의 미친
거짓말 때문이 아니다. 내가 가닿을 수 없는 빛, 지평선 너머에
있는 빛을 향한 내 무모한 열정 때문도 아니다. 그런 죄는 모

두 용서받을 수 있는 것들이다. 사랑, 열정, 순진함, 심지어는 무지조차 용서받을 수 있는 것들이다. 이런 것들 때문에 부끄러움을 안고 죽어가는 사람은 없다. 나 역시 이 때문에 죽는 것이 아니다. 내가 죽어야만 하는 이유는 이 나라의 위정자들이 만든 보다 거대하고 심오하고 잔인한 공모 때문이다. 그자들은 특정한 이론을 만들어 서로 다른 인종의 사람들에게 적용했다. 그것은 애초부터 달성 가능한 일이 아니었다. 아니, 달성하려는 **시도** 자체가 단연코 위험한 일이었다. 그자들은 인종간 접촉을 백인 시민들 사이에서 가장 심각한 공포의 원인으로 만들었다.

그렇다. 이 예쁜 백인 소녀는 지루한 삶에서 벗어나려는 자신의 욕망과 허영심에 이끌렸기 때문에 앞날이 구만리 같은 젊은 아프리카인의 인생을 파멸로 이끄는 데 일말의 책임이 있는지도 모른다. 그러나 나는 그것이 옳지 않은 시각이라고 생각한다. 물론 버로니카에게 책임이 있음을 부인하는 것은 아니다. 그러나 그것은 주변적이고 상징적인 책임일 뿐이다. 그녀는 백인의 피부를 지녔으며 집시의 육체와 피를 지니고 있었다. 덧붙이자면, 그녀 자신은 그다지 명민하지 않아 자각하지 못했지만, 저주와 상처를 지니고 있었다. 그리고 그녀는 단지 하나의 매개였을 뿐이다. 나머지 인류와 완전히 절연된 것은 물론 인간적 성숙의 가능성마저 완전히 봉쇄당한 한 사회의 부패가 그녀를 통해 가장 극악한 형태로 나타난 것이다. 물론 소녀가 문제의 그 바닷가에 나타나지 않았다면 나는 지

210

금처럼 교수형을 기다리는 신세는 면했을 것이다. 처형당하는 날 내 발밑의 땅은 어떤 느낌일까, 어떤 하늘이 나의 소멸을 내려다볼까 하는 따위를 고민하며 초를 세고, 분을 세고, 시간을 세는 일은 하지 않았을 것이다. 그러나 소녀는 우연히 그곳에 있었을 뿐이다. 그곳에 있었다는 이유만으로 그녀는 살인과 파괴에 대한 국가의 욕구를 합법적으로 드러내는 편리한 구실이 된 것이다. 그녀는 혈기왕성한 아프리카인이 즐겨 다니는 길에 놓인 가장 매혹적인 미끼로 이용당했을 뿐이다.

한가지 덧붙이고 싶은 말이 있다. 역사에서는 배울 교훈이 없다는 것이다. 오로지 이미지만이 재학습되고 반복될 뿐이다. 내가 이 세상에서 사라지고 나면, 다른 젊은 아프리카인들이 남을 것이다. 그들 역시 충분히 태양을 보지 못한 채 목에 올가미가 조이고 매듭이 팽팽히 당겨져 죽어갈 것이다. 지금의 나처럼 몇몇 친지와 친구를 제외한 그 누구도 그들의 삶에 관심을 가지지 않을 것이다. 밧줄이 당겨지고 나면 불꽃을 피워올릴 일도, 돌을 깨는 일도 없을 것이다. 무덤을 파는 일도 없을 것이다. 내 가족과 친구들은 내 죽음을 애통해할 것이다. 어머니는 슬픔을 이기지 못하고 기절을 할지도 모른다. 그러나 이 세상을 떠나는 나의 길을 기억하는 자는 그리 많지 않을 것이다. 오직 한 사람만은 이 불행한 드라마를 마땅히 추모하기를 마다하지 않을 것이다. 바로 내 친구 에밀 뒤프레 박사이다. 그는 곧 막대한 기록과 색인 카드를 챙길 것이다. 가벼운 호의의 표시로 내가 건넨 기념품들과 해수욕장에서 찍은 그녀의 사진들을 신중하게 정리할 것이다. 수많은 신문기사와 증거사진과 법정 녹취자료 등을 가지고 비행기를 탈 것이다. 쥐리히에 도착하는 대로 그는 이곳에 관한 기억을 기록할 것이다. 자신의 신중한 분석과 과감한 해석도 덧붙일 것이다. 그모두는 파편화된 한 인간의 인격을 재구성하는 데 바쳐질 것이며, 가장 철저한 연구의 주제가 되어 과학적 연구방법을 칭송하는 데 기여할 것이다. 자신의 연구가 책으로 출판되면 뒤프레 박사는 아마도 세계 학계의 동료들로부터 한 아프리카인 범죄자의 어둡고 고통스러운 내면을 밝혀내는 뛰어난 공적을 이룬 사람으로 칭송받을지도 모른다. 기쁘게도 최소한 한 사람만은 이 유감스러운 사건으로부터 얻는 것이 있을 것이다.

어떤 사람들은 내가 전혀 심각해 보이지 않는다고 말한다. 심지어는 즐거워 보인다고도 한다. 그러나 나는 그렇지 않다. 하루하루가 지나고 처형 시간이 다가올수록 나는 견딜 수 없는 외로움을 느낀다. 어머니는 매주 수요일마다 나를 찾아온다. 건장한 마므람보가 이끄는 카토 마노르의 여자들이 양쪽에서 어머니를 부축한다. 어머니의 방문은 나의 일과 중 가장힘든 일이다. 다른 시간은 대체로 명상을 하거나, 내가 살아온이야기를 글로 남기거나, 나의 영원한 동반자이자 심문자이며고해신부인 뒤프레와 진심어린 인터뷰를 하는 데 할애된다. 고개를 숙인 어머니는 머리에는 까만 두건을 두르고 마치 세상의 눈으로부터 자신을 보호하려는 듯 긴 담요로 온몸을 칭칭 감싸고 있다. 이런 어머니의 모습을 볼 때마다 내 억장은 무너지는 듯하다. 어머니는 죽음을 기다리는 자가 내가 아니라 당신이라고 착각이라도 하는 듯하다. 어머니는 너무나 많은 것을 희생하고도 그 댓가로 얻은 것이 아무것도 없는 여인이다. 나를 낳고 기르고 학교에 보내기 위해 노예처럼 갖은 고생을 다한 여인이다. 나는 그런 어머니에게 평안한 말년도 보장해드리지 못했다. 어머니는 당신이 낳은 자식이 교수대에서 처형을 당하는 참담한 기억을 간직한 채 늙어갈 것이다. 당신의 자식이 왜 죽어야 하는지도 이해하지 못한 채 말이다. 백인 여자를 사랑했다는 이유 때문에? 오, 제발, 그건 아니다. 다시한번 반복하지만, 사랑 때문이었다면 그 어떤 것도 용서받지 못할 것은 없다. 그러나 내가 그 소녀에게 느낀 것은 사랑이 아니었다. 그것은 욕정이라는 이름에나 어울릴 만한 가치없는 싸구려 감정이었다. 나는 그렇게 저열한 욕망 때문에 죽어야 하는 것이다. 금단의 열매를 따먹는 것, 그것은 절망과 불만에 갇힌 모든 젊은이들의 불가능한 꿈이며, 현실적인 만족이 아닌 상상 속에서만 즐겨야 하는 것이다.

여하튼 곧 이 모든 것은 끝날 것이다. 재는 재로, 흙은 흙으로 돌아가리라고 목사는 읊을 것이다. 한 가지 감사하고 싶은 것이 있다. 바로 감옥이다. 교수형을 당할 처지라면 감옥은 그다지 나쁜 곳이 아니다. 나는 이 고립과 격리를 선호한다. 그것은 긴 여행을 떠나기 전 자그마한 기차역에서 열차를 기다리는 일과 같다. 가족과 친구의 품에서 강제로 떨어져나와 사형대로 직행하는 것보다야 훨씬 낫다. 나는 이미 절벽의 끝에서 있음을 느낀다. 바깥세상은 실체가 없는 그림자와 같다. 감옥의 창살 사이로 보이는 한 조각 파란 하늘과 같다. 한참 일하는 도중에 갑자기 찾아온 비현실적인 침묵 위로 내려앉는 한줄기 햇살과 같다. 한밤중에 높이 매달린 창살을 뚫고 어두운 감방을 비추는 한 조각 달빛과도 같다. 세상은 떠남과 돌아옴을 반복하는 기차가 전하는 소문이다. 캄캄한 항구에서 기적을 울리는 배가 전하는 소문이다. 밤새워 돌아가는 공장의 생산라인에서 갑자기 울려대는 경적소리와 인부들의 목소리와 웃음소리가 전하는 소문이다. 이따금 감옥 저편에서 힘을 주는 목소리들이 들려온다. 정치범들이 씩씩하게 부르는 자유의 노래이다. "아프리카는 반 로엔 너를 딛고 일어설 것이다!" "우리 아프리카인은 잃어버린 아프리카를 목 놓아 부른다!" "우리의 땅을 건드리지 마라!" 한 사람의 목소리는 나약하고 쉽게 흔들린다. 그러나 그 목소리들이 한데 뭉치면 하나의 강력한 소리가 되어 옥사 전체를 뒤흔들며 천둥 같은 함성 속으로 몰아넣는다. 그렇다. 나는 바로 이 목소리들과 함께 갈 것이다. 신새벽의 자유를 노래하는 저 목소리들보다, 매일같이 하늘에서 거침없이 짝짓기를 하는 저 새들보다 더 훌륭한 송별은 내게 없을 것이다.

인종차별의 신화를 뒤집는
루이스 응꼬씨의 대표작

아프리카 탈식민주의 문학과 남아공 문학

오늘날 아프리카 작가들은 세계 문학사의 일방적 독점과 전유를 통해 지구촌 전체를 포괄하는 자기중심적이고 배타적인 '모순적 근대(성)'를 창궐케 한 구미 문학에 대해 심각한 질문을 던지기 시작했다. 나이지리아 출신으로 노벨문학상을 수상한 월레 쏘잉까(Wole Soyinka)와 치누아 아체베(Chinua Achebe), 케냐의 대표적인 작가인 응구기 와 시옹오(Ngugi wa Thiong'o), 남아공의 대표적인 탈식민주의 소설가 루이스 응꼬씨(Lewis Nkosi)와 제이크스 음다(Zakes Mda) 등으로 대표되는 영어권 아프리카 작가들은 물론이고 나빌 파레스(Nabil Fares), 라시드 미무니(Rachid Mimouni), 하비브 뗑구르(Habib Tengour) 같은 불어권 아프리카 작가들, 그리고 미아 꾸또(Mia Couto) 등으로 대변되는 포르투갈어권 아프리카 작가들이 동시대 서구의 '근대(성)'를 정면으로 심문하는 대표적인 작가들이다. 이들은 비록 식민주의자들이 남기고 간 지배자의 언어로 창작을 하지만, 그 언어를 비틀고, 뒤섞고, 혼성 모방함으로써 아프리카 원주민들의 세계관을 새로운 방식으로 길어내는 창발적인 문학적 풍경을 연출한다. 세계적인 아프리카 문학 평론가인 꼴레 오모또쏘(Kole Omotoso)의 지적처럼, 오늘날 아프리카 문학은 주인이 만들어놓은 감옥의 사슬을 뚫고 천변만화하는 광경을 창조해내고 있다.

오늘날 전세계에서 영어로 글을 쓰는 나라, 즉 영연방 국가의 수는 총 54개국이다. 그중 아프리카와 카리브해 지역의 국가들이 차지하는 비중은 무려 7할에 가깝다. 아프리카 국가로 영연방 국가에 속하는 나라들 중 문학적 차원에서 가장 이채로운 이력을 드러내는 나라는 단연 남아공이다. 무엇보다 노벨문학상 수상자를 둘이나 배출한 최초의 아프리카 국가임에도 불구하고, 유럽 문학의 자장권 안에 속해 있기 때문이다. 이러한 사정은 남아공의 복잡한 정치상황과 맞물려 아프리카 문학에 대한 일말의 왜곡을 낳기도 한다. 남아공의 대표적인 작가로 잘 알려진 존 쿠체(J. M. Coetzee), 네이딘 고디머(Nadine Gordimer), 안드레 브링크(André Brink), 브레이텐 브레이텐바흐(Breyten Breytenbach) 등 아파르트헤이트 시절의 소위 '백인 4인방'이 그 예이다.

이들 백인 4인방의 문학이 남아공 문단사에서 다소 독특한

지위를 차지하는 이유는 이들의 등장시기가 남아공의 반체제적인 유색인 작가들이 정부의 탄압을 피해 대대적인 망명을 떠난 시기와 맞물리기 때문이다. 남아공에서는 1948년 역사상 처음으로 '진골' 네덜란드계 백인만으로 구성된 국민당이 총선에서 승리하면서 아파르트헤이트라는 파천황적인 인종차별주의 정책이 본격적으로 도입된다. 이후 남아공은 '선민'인 백인 혹은 유럽인과 '야만인'인 흑인 혹은 유색인 간의 차별이 정치, 경제, 사회, 문화 등 제 부문에서 전방위적으로 전개되기에 이른다. 1950년대 말 잡지 『드럼』(Drum)을 거점으로 삼아 활약하던 에스끼아 음파렐레(Es'kia Mphahlele) 및 루이스 웅꼬씨 등 일군의 흑인 작가들은 마침내 아파르트헤이트 체제에 대한 본격적인 저항에 나서고, 이로 인해 백인 정부가 흑인 및 유색인 문인들에 대한 조직적인 탄압의 수위를 높이자 많은 수의 흑인 및 유색인 작가들이 고독한 망명길에 오른다. 1960년대에서 1970년대에 이르는 남아공의 문단사를 '망명의 문단사'라고 부를 만큼 이 시기 망명작가들의 수는 이루 헤아릴 수 없이 많았다. 백인 4인방의 이름이 남아공 문단에 커다란 반향을 불러일으키기 시작하던 때가 바로 이 시기와 겹친다. 아파르트헤이트 체제를 직접적으로 적나라하게 비판하던 흑인 작가들의 목소리가 모두 타향으로 떠나면서 공백으로 남은 '비판적 담론의 장'을 상대적으로 감시와 탄압을 덜 받던 이 백인 4인방이 점거하게 된 것이다. 동시에 이들 4인방은 국외적으로도 남아공의 진보문학을 대표하는 듯 보이게 되었던 것이다.

역설적이게도 이들 백인 4인방의 문학은 아파르트헤이트 체제가 공식적으로 종료된 1994년 이후, 소위 '탈 아파르트헤이트' 시대라 불리는 시기에 본격적인 시련을 맞는다. 그 정점은 2001년으로, 남아공 교육부는 당시 대학입시를 치르는 수험생의 소설 필독서 중에서 존 쿠체의 『추락』(*Disgrace*)과 네이딘 고디머의 『줄라이의 사람들』(*July's People*), 남아공의 흑인 작가로 주로 소시민적인 주제를 다룬 소설을 써온 응자불로 응데벨레(Njabulo Ndebele)의 『바보』(*Fools*) 등의 작품들을 지나치게 '체제내적'이고 '수구반동적'이라는 이유로 리스트에서 배제해버린다. 교육부의 한 관계자는 1994년 2월 선거를 통해 합법적, 평화적으로 권력을 접수한 흑인 민중을 여전히 '백인 여성의 육체를 노리는 잠재적인 강간범 내지는 폭도'로 매도하면서 탈 아파르트헤이트 시대의 흑인의 질서를 인정하지 않는 이들 작가들의 작품을 필독서로 인정할 수 없다고 해명한 바 있다.

『검은 새의 노래』와 루이스 응꼬씨

『검은 새의 노래』(*Mating Birds*)는 아파르트헤이트라는 인종차별주의가 초국가적 가치로 존재하던 남아공을 배경으로 한 작품이다. 저자 루이스 응꼬씨는 이 소설을 통해 남아공이라는 특수한 사회가 가공해낸 '인종'의 허구성과 '민족 혹은 국가'의 중층성을 흑인 청년과 백인 소녀 간의 성을 매개로 적나라하게 심문한다.

기실 '인종'이라는 용어만큼 주름과 갈래가 많은 용어도 드물 것이다. 거기에 '차별'이라는 용어까지 덧대면, 그 용어의 용의주도함은 이루 말할 수 없을 만큼 탄력을 받게 된다. '한 특정 인종에 의한 타인종의 조직적 집단 차별' 정도로 문맥화해 사용하는 오늘날의 '인종차별'이란 용어는 어원학적으로 보면 19세기 문화생물학이 소위 '과학'이라는 이름으로 잘 빚어놓은 왜곡된 집단무의식에 다름아니다. 다시 말해, 한 집단의 생물학적/문화적 우월감/열등감이란 것은 실은 권력의 필요에 의해 의도적으로 조작된 상징이라는 것이다.

인류의 역사는 곧 '인종'의 역사이다. 그러나 '인종'이라는 용어가 오늘날과 같은 의미로 나름의 역사적 지분을 가지고 사전의 한 귀퉁이를 차지하게 된 지는 고작해야 약 200여년밖에 되지 않는다. "모든 인종은 각기 특별한 육체적 특징을 지니고 있다"며 생물학자 린네(C. Linné)가 제출한 '네 가지 인종 모델'이 인종간 차이를 생물학적으로 규정한 최초의 사건이다. 그러나 불행하게도 이 사건은 거꾸로 당대의 '학적 엄밀함'을 의심케 한다. 당시 전방위적으로 불어치던 제국주의의 태풍을 타고 아프리카 인종을 비롯한 비유럽 인종들을 유럽인종보다 열등한 종으로 규정하기 위해 벌어진 한바탕 난장에서 린네 역시 자유로울 수 없었기 때문이다. 이러한 린네의 시도는 인종간의 '생물학적 차이'(racialism)를 문화적 차원으로 이월시켜 결국 '인종차별'(racism)이라는 미증유의 폭력을 이끌어내게 된다.

몇해 전 필자는 남아공의 케이프타운에서 저자 루이스 응꼬 씨를 만났다. 위에서 언급한 '인종차별이라는 미증유의 폭력'을 해체하기 위한 글쓰기 전략을 묻자 그는 이렇게 대답했다.

응꼬씨 사실 간단합니다. 말씀드리기가 부끄러울 정도로요. 전 최대한 백인들의 기대를 배반하지 않아요. (웃음) 무슨 말인고 하니, 백인들이 흑인들을 상상하는 전통적인 방식, 그 전형화되고 화석화된 방식이 있잖아요. 가령 흑인들은 게으르다든가, 머리가 나쁘다든가, 생식능력이 탁월하다든가 하는 등등의 기대 말이죠. 그 기대에 충실한 인물들을 가지고 그 기대에 조금씩 금을 내지요. 그래서 그네들의 기대가 얼마나 터무니없는 것인가를 역설적으로 드러냅니다. 그것이 제 글쓰기 전략이에요.

이석호 『검은 새의 노래』에 나오는 '응디 씨비야' 같은 인물이 그 대표적인 예에 속하겠군요.

응꼬씨 그렇죠. 응디뿐만 아니라 응디의 어머니와 아버지도 마찬가지죠. 넓은 의미에서 이들은 백인들의 기대수준에 잘 부응합니다. 응디의 경우를 보세요. 아버지의 반대에도 불구하고 어머니의 완곡한 간청에 힘입어 더반이라는 도시로 나가 학교에 입학하게 되잖아요. 그런데 그가 받은 교육의 결과가 결국 그를 파멸로 이끌죠. 대학에까지 진학한 응디는 학생운동을 하다 학교에서 제적을 당하고, 할 일이 없어 빈둥대다가 더반 해수욕장을 어슬렁거려요. 그러다가 요염하고 매혹적인 문제의 그 영국인 소녀를 만나서 그 소녀의 뒤를 그림자처럼 따라다니게 되고, 마침내 넘지 말아야 할 선을 넘으면서 철창신세를 지게 됩니다. 이 얼마나 백인의 기대에 훌륭하게 부합하는 인물입니까. 흑인들은 아무리 배워봐야 거기서 거기다, '순진하고 순수한' 백인 여성의 육체 앞에서 흔들리지 않는 흑인 지성은 없다는 식의 명제를 성립시키죠. 그러나 제가 이 인물을 통해서 시도해보려 한 바는 바로 이 터무니없는 명제를 성립시키는 토대, 그 토대의 기원을 심문해보자는 것이었습니다. 이런 식의 글쓰기가 아니고서는 사실 백인들의 그 무지막지한 전형화 전략을 효과적으로 교란할 수가 없거든요.

인종차별에 대한 웅꼬씨의 이러한 근원적인 '심문'의 전략은 남아공이라는 특수한 사회에서 '민족' 혹은 '국가'가 갖는 다양한 함의에 대해서도 마찬가지로 적용된다. 그는 탈 아파르트헤이트 시대를 사는 남아공 작가들을 모두 '국적불명의 작가들'이라고 칭한다. 그 발언의 배경에는 남아공은 완전한 하나의 국가가 아니며, 그런만큼 남아공에는 소위 '민족문학' 혹은 '국민문학'이라고 지칭할 만한 작품이 없다는 함의가 들어 있다. 그에 따르면 국가 혹은 민족이란, 그것이 베네딕트 앤더슨의 말대로 '상상의 공동체'이건 아니건, 문자적 상상에 기초해야 하는 작가들에게는 사실 불가피한 상상의 기원이다. 그런데 남아공의 경우는 '남아공'이라는 국가가 그곳에서 글을 쓰는 작가들에게 공통의 원형을 제공하지 못한다. 왜냐하면 남아공이라는 국가는 하나가 아니라 백인, 흑인, 컬러드의 국가로, 혹은 줄루, 코사, 수투인들의 국가로 이루어지는 여러 개의 국가이기 때문이다. 그런 의미에서 남아공의 작가들에게는 공통된 하나의 무의식 혹은 신화로서의 국가가 없다는 것이다.

따라서 응꼬씨는 국가나 민족의 역기능을 인정하면서도 그것의 불가피성을 말하는 입장을 취한다. 그러한 논리는 1920년대 프랑스에서 아프리카와 서인도제도의 유학생들을 중심으로 일어난 일종의 아프리카판 문예부흥운동인 '네그리뛰드(Negritude)'를 둘러싼 논쟁에도 그대로 이어진다. 아프리카의 고유한 전통을 강조하는 네그리뛰드 운동이 남아공의 콘텍스트에서는 오히려 인종차별 정권인 아파르트헤이트 정권에 힘을 실어준다는 음파렐레의 주장에 대해, 응꼬씨는 그러한 비판이 네그리뛰드의 관찰 주체만을 강조하고 그 실천 주체를 간과하고 있다고 지적한 바 있다. 응꼬씨는 '흑인성'이란 국가나 민족과 마찬가지로 아프리카인들에겐 피할 수 없는 천형이라는 사실을 강조하며, 나아가 그 개념에 따라붙는 불온한 상상을 원천적으로 바꾸어놓지 않는 한 아프리카인들의 진정한 정체성 찾기는 영원히 실패를 거듭할 수밖에 없다고 역설한다. 『검은 새의 노래』에 깔려 있는 응꼬씨의 전략도 그런 근원적인 전복과 교란에 대한 강조와 궤를 같이하고 있는 것이다.

루이스 응꼬씨의 대표작이라 할 『검은 새의 노래』는 남아공이라는 특수한 사회를 특수한 신분으로 살아낸 작가의 실존적 경험이 농후하게 깔려 있는 텍스트이다. 인종과 계급 그리고 성이 복잡한 함수로 착종되어 있는 사회에서 소위 '가장 비천한 피부색'을 가지고 태어난 한 인물이 겪는 '황당한 비극성'을 때론 담담하게, 때론 격정적으로 토해내고 있다. 남아공 사회의 복잡다단한 모순을 묘사하는 그의 선명하고 힘있는 필치는 국가와 인종, 욕망과 성에 대한 날카로운 물음을 던짐으로써 더 나아가 우리에게 인간의 보편적인 근본조건을 되묻는 계기를 제공해준다. 그것이 『검은 새의 노래』가 단순한 흑인 저항문학의 차원을 넘어서는 힘을 가지는 이유이기도 하다.

번역과 관련해 사족을 붙이자면, 남아공의 가장 큰 민족집단 중 하나인 '줄루족'은 식민주의적인 뉘앙스를 피하기 위해 '줄루인'으로 옮겼으며, 작품에 등장하는 인명과 지명 등 고유명사는 최대한 원지음에 가깝게 옮겼다. 그러나 영어와 아프리칸스어를 포함해 11개의 언어를 공용어로 사용하는 남아공의 언어상황에서는 그 단어의 기원을 따라 정확한 원지음을 표기하기 어려운 경우도 많다. 이 역시 남아공의 복잡한 인종적·문화적 상황과 언어적 정체성의 관계를 여실히 보여주는 한 예일 것이다.

2009년 7월
이석호

검은 새의 노래

초판 1쇄 발행/2009년 7월 24일

지은이/루이스 웅꼬씨
옮긴이/이석호
펴낸이/고세현
책임편집/이상술
펴낸곳/(주)창비
등록/1986년 8월 5일 제85호
주소/413-756 경기도 파주시 교하읍 문발리 513-11
전화/031-955-3333
팩시밀리/영업 031-955-3399 · 편집 031-955-3400
홈페이지/www.changbi.com
전자우편/literat@changbi.com
인쇄/한교원색